吳承恩

商務印書館

精選西遊記

作　　者：吳承恩
責任編輯：謝江艷
出　　版：商務印書館（香港）有限公司
香港筲箕灣耀興道3號東滙廣場8樓
http://www.commercialpress.com.hk
發行公司：香港聯合書刊物流有限公司
香港新界大埔汀麗路36號中華商務印刷大廈3字樓
印　　刷：中華商務彩色印刷有限公司
香港新界大埔汀麗路36號中華商務印刷大廈
版　　次：2020年1月第11次印刷

ISBN 978 962 07 1748 2
Printed in Hong Kong

目錄

大鬧天宮

巧戰妖道

三借芭蕉扇

小專題

吳承恩與唐僧

中國古代四大章回小說，唯有《西遊記》講神魔妖怪故事。書中主要人物除唐僧外，都能騰雲駕霧、上天入海；書中情節和語言，也時常讓讀者忍俊不禁。讀者開懷大笑之餘，不得不驚歎作者吳承恩（約公元1500－1582）超凡的想像力和卓越的語言表達能力。

吳承恩生於明代一個由下級官吏淪落為商人的家族，小時勤奮好學，覽盡群書，下筆立成詩文，少年時就成為譽滿鄉里的才子。此外，吳承恩自幼就愛看有關神仙鬼怪，狐妖猴精之類的書籍，特別喜歡搜奇獵怪，又十分擅長講笑話。讀者知道了這些，就不難理解吳承恩何以能寫出想像豐富奇特、語言詼諧生動的《西遊記》了。然而就是這樣一位才子，在鄉試中卻屢遭敗北，終身未能騰達，貧苦終老。

《西遊記》以神魔小說著稱，表面上是天馬行空、極盡想像之能事。實際上，它與其他三大名著一樣，也有其創作藍本。它取材於玄奘西天取經的史實。故事中的唐僧即唐代名僧玄奘（公元602－664）。他生於儒學世家，十三歲時出家洛陽淨土寺，一心向佛。玄奘為求真經，不顧當朝禁令，隻身去天竺（今印度）聖

地。他穿沙漠、越絕地，幾臨絕境，九死一生。萬里迢遙，歷經不少國家和不同民族，在沒有汽車、火車、飛機，僅靠馬力和雙腳的情況下，他能夠到達印度本身就是一件可貴的事。更何況，玄奘還取回並翻譯了佛經，創立了中國的法相宗，記錄自己的西行見聞寫成《大唐西域記》。唐太宗也因其精通印度佛學中的《經藏》、《律藏》和《論藏》，熟知佛教聖典，賜號“三藏法師”。

玄奘取經事跡的影響很大，後世很多相關的文學著作，如唐代《大唐慈恩寺三藏法師傳》、南宋《大唐三藏取經詩話》、元末明初《西遊記平話》等作品，都以其為藍本創作的。這些作品又成為吳承恩創作《西遊記》的基礎，其中尤以《西遊記平話》的影響最大最直接。“平話”就是“説書”，是指口頭説唱故事的一種藝術形式，故事題材多種多樣。説書人一般都在茶館內説書，旁白以外，生旦淨丑，男女老少的聲口都由他負責。説書人講究言情兼備，能掌握故事高潮，很能吸引聽眾，因此説書深受老百姓歡迎。只要看看《西遊記》每一回開首都有“話説（交代上次講的情節）”，結尾“欲知後事如何，且聽下回分解”這些説書人套語，就可知《西遊記》是繼承説書藝術的了。

玄奘取經圖

大鬧天宮

第一回

官封弼馬心何足
神力齊天封大聖

話説孫悟空大鬧東海龍宮，要了“如意金箍棒”作兵器，又從其他幾位龍王處強討了披掛。一切停當後，卻使動如意棒，一路打出去。四海龍王都窩了一肚子氣。一致推舉大哥東海龍王敖廣上天庭向玉帝進表。

這一天，玉皇大帝召集文武神仙，在靈霄寶殿早朝，忽有邱弘濟真人啟奏道：“萬歲，通明殿外，有東海龍王敖廣進表，聽天尊宣詔。”玉皇傳詔：宣敖廣上殿。敖廣接旨來到靈霄殿下，禮拜完畢，旁有引奏仙童，接上表文，原來表奏悟空大鬧龍宮事。玉皇看完，傳旨：“叫龍神回海，朕即派將前去擒拿孫悟空。”老龍王磕頭謝恩離去。

玉帝問眾仙：“那路神將下界收伏此妖猴？”話未落，班中閃出太白長庚星，俯伏啟奏道：“臣啟陛下，可念天地造物之慈恩，降一道招安聖旨，把他宣到上界來，授他一個大小官職，把他拘束在此；若受天命，後再陞賞；若違天命，就此擒拿。一則不動眾勞師，二則收仙有道也。”玉帝聞言十分歡喜，道：“依卿所奏。”即叫文曲星官修詔，派太白金星招安。

金星領了旨，出南天門外，按下祥雲，直至花果山水簾洞。對眾小猴道：“我是天差天使，有聖旨在此，請你大王上天。快快報知！”洞外小猴，一層層傳至洞天深處，道：“大王，外面有一老人，背着一角文書，說有聖旨請你。”美猴王聽得大喜，道：“我這兩日，正思量要上天走走，就有天使來請。”叫：“快請進來！”金星徑入當中，面南立定道：“我是西方太白金星，奉玉帝聖旨，下界請你上天，接受神仙簿籍。”悟空笑道：“多謝老星降臨。”叫：“小的們！安排筵宴款待。”金星道：“聖旨在身，不敢久留；現在就請大王同往，待榮遷之後，再從容吃酒聊天。”悟空即喚四健將，吩咐：“謹慎教練兒孫，待我上天去看看路，好帶你們上去同居住也。”四健將急忙稱“是”。這猴王與金星縱起雲頭，昇在空霄之上。

　　太白金星領着美猴王，來到靈霄殿外。不等宣詔，直至御前，朝上禮拜。悟空挺身在旁，也不行禮，金星奏道：“臣領聖旨，已宣妖仙到了。”玉帝垂簾問曰：“那個是妖仙？”悟空這才躬身答應道：“老孫

便是。”仙卿們都大驚失色道：“這個野猴！怎麼不拜伏參見，敢這樣答應，真該死了！該死了！”玉帝傳旨道：“那孫悟空乃下界妖仙，初得人身，不懂朝禮，姑且恕罪。”眾仙卿叫聲“謝恩！”猴王這才朝上一面拱揖，一面大聲叫“喏”。玉帝宣文武仙卿，看哪處少甚麼官職，叫孫悟空去擔任。旁邊轉過武曲星君，啟奏道：“天宮裡各宮各殿，都不少官，只是御馬監缺個正堂管事。”玉帝傳旨道：“就讓他做個‘弼馬溫’罷。”於是玉帝派木德星官送他去御馬監到任。

當時猴王歡歡喜喜，與木德星官直接去到任。這猴王查看了文簿，點明了馬數。晝夜不睡，滋養馬匹。那些天馬見了他，泯耳攢蹄，倒養得肉膘肥滿。不覺半月有餘。一朝閑暇，眾監官都安排酒席，一則給他接風，二則向他賀喜。正在歡飲之間，猴王忽停杯問道：“我這‘弼馬溫’是個甚麼官銜？是個幾品？”眾道：“沒有品級。”猴王道：“沒品級，想是大之極也。”眾道：“不大，只喚做‘未入流’。”猴王道：“怎麼叫做‘未入流’？”眾道：“末等。這樣官兒，最低最小。”

猴王聞此，不覺心頭火起，咬牙大怒道：“老孫在那花果山，稱王稱祖，怎麼哄我來替他養馬？不做他！不做他！不做他！我將去也！”呼喇的一聲，把公案推倒，耳中取出寶貝，晃一晃，碗來粗細，一路解數，直打出御馬監，徑至南天門。眾天丁不敢阻擋，讓他打出天門去了。一會兒，按落雲頭，回到花果山上。只見那四健將與各洞妖王，在那裡操演兵卒。這猴王厲聲高叫道：“小的們！老孫來了！”一群猴都來叩頭，迎接進洞天深處，一邊請猴王高登寶位，一邊辦酒為他接風。

正飲酒歡樂間，有人來報道：“大王，門外有兩個獨角鬼王，要見大王。”猴王道：“叫他進來。”那鬼王整衣跑入洞中，倒身下拜道：“久聞大王招賢，今見大王被授了天上簿籙，得意榮歸，特獻赭黃袍一件，給大王賀喜。如不嫌小人低賤，收納小人，我願效犬馬之勞。”猴王大喜，將赭黃袍穿起，眾人欣然排班朝拜，即將鬼王封為前部總督先鋒。鬼王謝恩完畢，復啟奏道：“大王在天上許久，擔任何職？”猴王道：“玉帝輕賢，封我做個甚麼‘弼馬溫’！”鬼王聽説，又奏道：“大王有此神通，怎麼給他養馬？就做個‘齊天大聖’有何不可？”猴王聞説，歡喜不勝，連道幾個“好！好！好！”叫四健將：“就替我快置個旌旗，旗上寫‘齊天大聖’四大字，立竿張掛。自此以後，只稱我為齊天大聖，不許再稱大王。”

卻說那玉帝次日設朝，只見張天師引御馬監監丞下拜奏道：“萬歲，新任弼馬溫孫悟空，因嫌官小，昨日返回人間去了。” 正説間，又見南天門外增長天王領眾天丁奏道：“弼

馬溫不知何故，走出天門去了。”玉帝聞言，即傳旨：“朕派天兵，擒拿此怪。”班部中閃出　托塔李天王與哪吒三太子，越班奏道：“萬歲，微臣不才，請旨降此妖怪。”玉帝大喜，即封托塔天王李靖為降魔大元帥，哪吒三太子為三壇海會大神，即刻興師下界。

李天王與哪吒叩頭謝恩告辭，徑至本宮，點起三軍，命巨靈神為先鋒，魚肚將殿後，藥叉將催兵。一霎時出南天門外，徑來到花果山。選平陽處安了營寨，傳令巨靈神挑戰。巨靈神裝扮整齊，掄着宣花斧，到了水簾洞外。只見小洞門外，許多妖魔，丫丫叉叉，掄槍舞劍，跳鬥咆哮。這巨靈神喝道：“業畜！快早去報給弼馬溫知道，吾是上天大將，奉玉帝旨意，到此收伏他；教他早早出去投降，免得使你們都受傷殘。”那些怪，奔奔波波，傳報洞中道：“禍事了：門外有一員天將，口稱大聖官銜，道：奉玉帝聖旨，來此收伏你；教早早出去受降，免傷我等性命。”猴王聽說，叫：“取我披掛來！”就戴上紫金冠，穿上黃金甲，手提如意金箍棒，率領部眾出門，擺開陣勢。

巨靈神厲聲高叫道：“那潑猴！你認得我麼？”大聖聽說，急問道：“你是那路毛神？老孫不曾見過你，你快報名來。”巨靈神道：“你那欺心的猢猻！你是認不得我！我乃托塔李天王部下先鋒，巨靈天將！今奉玉帝聖旨，到此收降你。”猴王聽說，心中大怒道：“潑毛神，休誇大口，少弄長舌！你看我這旌旗上字號。”這巨靈神急睜大眼迎風觀看，果見門外豎一高竿，竿上有旌旗一面，上寫着“齊天大聖”四大字。巨靈神冷笑三聲道：“這潑猴，就敢無禮，你要做齊天大聖！好好的吃吾一斧！”劈頭就砍將去。那猴王正是會家不忙，將金箍棒應手相迎。巨靈神抵擋他不住，被猴王劈頭一棒，慌忙拿斧架隔，扢扠的一聲，把個斧柄打做兩截，急撤身敗陣逃生。

巨靈神回至營門，告知托塔天王，哪吒太子請纓出戰。這哪吒太子，甲胄齊整，跳出營盤，撞至水簾洞外。那悟空正準備收兵，見哪吒來的勇猛。便走上前問道：“你是誰家的小哥，闖近吾門，有何事幹？”哪吒喝道：“潑妖猴！我是托塔天王三太子哪吒。今奉玉帝欽差，至此捉你。”悟空笑道：“小太子，你的嬭牙尚未退，怎敢説這般大話？你只看我旌旗上是甚麼字號，回去稟告玉帝：封這個官銜，再也不須動眾，我自皈依；若是不遂我心，定要打上靈霄寶殿。”哪吒抬頭看處，是“齊天大聖”四字。哪吒道：“你這妖猴能有多大神通，就敢稱此名號！吃吾一劍！”悟空道：“我只站着不動，任你砍幾劍罷。”那哪吒憤怒，大喝一聲，叫“變！”即變做三頭六臂，惡狠狠，手持着六般兵器，乃是斬妖劍、砍妖刀、縛妖索、火輪兒，丫丫叉叉，撲面打來。悟空見了，心驚道：“這小哥倒也會弄些手段！看我神通！”好大聖，喝聲“變！”也變做三頭六臂；把金箍棒晃一晃，也變作三條；六隻手拿着三條棒架住，這場鬥，真個是地動山搖。

三太子與悟空各逞神威，鬥了個三十回合。那太子六般兵器，變做千千萬萬；孫悟空金箍棒，變作萬萬千千。半空中似雨點流星，不分勝負。悟空手疾眼快，正在那混亂之時，他拔下一根毫毛，叫聲“變！”就變做他的本相，手挺着棒，迷惑着哪吒；他的真身，卻一縱，趕至哪吒腦後，朝左膊上一棒打來。哪吒正在使法，聽得棒頭風響，不能措手，被他打了一下，負痛逃走，不能再戰，同天王回天啟奏玉帝。

李天王與三太子領着眾將，直至靈霄寶殿。啟奏道：“臣等奉聖旨出師下界，收伏妖仙孫悟空，沒想到他神通廣大，使一條鐵棒，先敗了巨靈神，又打傷哪吒臂膊。洞門外立一竿旗，上書‘齊天大聖’四字，說是封他這官職，即刻停戰來投奔；若不是此官職，還要打上靈霄寶殿也。”玉帝聞言，驚訝道：“這妖猴何敢這般狂妄！派眾將即刻誅殺之。”正說間，班部中又閃出太白金星，奏道：“那妖猴不知大小。如再派兵與他爭鬥，想必一時不能收伏。不如萬歲大捨恩慈，還是降招安旨意，就教他做齊天大聖。有官無祿便是了。”玉帝道：“怎麼叫做‘有官無祿’？”金星道：“名是齊天大聖，只不給他事管，不給他俸祿，權且養在天壤之間，收他的邪心，使他不生狂妄。海宇得清寧也。”玉帝聞言道：“就按你說的辦。”即命人擬了詔書，仍叫金星領去。

金星復出南天

門，直至花果山水簾洞外。眾妖即跑入報道：“外面有一老者，他説是上界天使，有聖旨請你。”大聖即帶領群猴，急出洞門，躬身施禮，高叫道：“老星請進，恕我失迎之罪。”金星趨步向前，徑直入洞內，面南立着道：“今告大聖，先前因大聖嫌惡官小，躲離御馬監，有本監中官員奏了玉帝。玉帝傳旨道：‘凡授官職，皆由低而高，為何嫌小？’即有李天王領哪吒下界討戰。不知大聖神通，故遭敗北，回天奏道：‘大聖立一竿旗，要做“齊天大聖”。’眾武將還要言戰，是老漢竭力為大聖冒罪啟奏玉帝，請大王上天為官。玉帝准奏，因此來請。”悟空笑道：“前番有勞大駕，今又承蒙厚愛，多謝！多謝！但不知上天可有此‘齊天大聖’之官

銜也？”金星道：“老漢以此銜啟奏，玉帝准奏，才敢領旨前來；如有不如意，只管怪罪老漢便是。”

悟空大喜，遂與金星縱着祥雲，到南天門外，那些天丁天將，都拱手相迎。徑入靈霄殿下。金星伏拜啟奏道：“臣奉詔宣弼馬溫孫悟空已到。”玉帝道：“那孫悟空過來。今宣你做個‘齊天大聖’，官品至極了，以後切不可胡為。”這猴道聲謝恩。玉帝即命公幹官——張、魯二班——在蟠桃園右首，起一座齊天大聖府，府內設二司：一名安靜司，一名寧神司。左右扶持。又差五斗星君送悟空去到任，外賜御酒二瓶，金花十朵，囑咐他安心定志，再不要胡為。那猴王信服並遵行，即日與五斗星君到齊天大聖府，打開酒瓶，同眾仙盡情暢飲。送星官回轉本宮，他才遂心滿意，喜地歡天。

第二回

亂蟠桃大聖偷丹
反天宮諸神捉怪

一日，玉帝早朝，班部中閃出許旌陽真人，啟奏道："今有齊天大聖，無事閑遊，結交天上眾星宿，全都稱朋友。恐日後閑中生事，不如給他一件事管，免生事端。"玉帝聞言，即刻宣詔。那猴王欣然而至，道："陛下，詔老孫有何陞賞？"玉帝道："朕見你身閑無事，給你件差使。你暫且管那蟠桃園，早晚好生在意。"大聖歡喜謝恩。即入蟠桃園內查勘。本園中有個土地攔住，問道："大聖去哪裡？"大聖道："吾奉玉帝點差，代管蟠桃園，今來查勘也。"那土地連忙施禮，即呼那一班鋤樹力士、修桃力士、打掃力士都來見大聖磕頭，引他進去。

大聖問土地道："此樹有多少株？"土地道："有三千六百株：前面一千二百株，三千年一熟，人吃了成仙得道，體健身輕。中間一千二百株，六千年一熟，人吃了霞舉飛昇，長生不老。後面一千二百株，九千年一熟，人吃了與天地齊壽，日月同庚。"大聖聞言，歡喜不已。當日查明了株樹，點看了亭閣，回府。一日，見那老樹枝頭，桃熟大半，他想要吃個嚐新。奈何本園土地、力士及齊天府仙吏緊隨，頗為不便。忽設一計道："你等且出門外伺候，讓我在這亭上稍稍休息片刻。"

那眾仙果退。只見那猴王脫了冠服，爬上大樹，揀那熟透的大桃，就在樹枝上自在受用。吃了一個飽，才跳下樹來，戴帽穿衣，喚眾隨從回府。過了二三日，又去設法偷桃，儘他一人享用。

一朝，王母娘娘設宴，大開寶閣，瑤池中做“蟠桃勝會”，即叫那紅衣仙女、青衣仙女、素衣仙女、皂衣仙女、紫衣仙女、黃衣仙女、綠衣仙女，各頂花籃，去蟠桃園摘桃建會。眾仙女先在前樹摘了二籃，又在中樹摘了三籃；到後樹上摘取，只見那樹上花果稀疏，只有幾個毛蒂青皮的。七仙女仔細查看，也只見向南枝上還有一個半紅半白的桃子。青衣女用手扯下枝來，紅衣女摘了，將枝子望上一放。原來那大聖變化了，正睡在此枝，被她驚醒。大聖即現本相，耳朵內取出金箍棒，晃一晃，碗來粗細，咄的一聲道：“你們是那方怪物，敢大膽偷摘我桃！”慌得那七仙女一齊跪下道：“大聖息怒。我等不是妖怪，是王母娘娘差來的七衣仙女，摘取仙桃，做‘蟠桃勝會’。”大聖聞言，轉怒為喜道：“仙娥請起。

王母開閣設宴可請我麼？”仙女道：“不曾聽得說。”大聖道：“我為齊天大聖，就請我老孫做個席尊，有何不可？”仙女道：“此是上會舊規，今會不知怎樣。”大聖道：“這話也是，你們且立下，待老孫先去打聽個消息，看可請老孫不請。”

好大聖，唸聲咒語，對眾仙女道：“住！住！住！”這原來是個定身法，那七衣仙女，一個個白着眼，都站在桃樹之下。大聖縱朵祥雲，跳出園內，竟奔瑤池路上而去。正行時，只見那赤腳大仙迎面撞見大聖，大聖低頭定計，哄騙真仙，卻問：“老道往何處去？”大仙道：“承蒙王母招見，去赴蟠桃嘉會。”大聖道：“老道不知。玉帝因老孫觔斗雲快，派老孫五路邀請列位，先至通明殿下行禮，然後才去赴宴。”大仙是個光明正大之人，就以他的謊話當真，道：“常年就在瑤池行禮謝恩，如今如何要先去通明殿行禮，才方去瑤池赴會？”無奈，只得撥轉祥雲，直接往通明殿去了。

大聖駕着雲，唸聲咒語，搖身一變，就變做赤腳大仙模樣，前奔瑤池。不多時，直至寶閣，輕輕移步，走入裡面。那裡鋪設得齊齊整整，卻還未有仙來。這大聖點看不盡，忽聞得一陣酒香撲鼻；忽轉頭，見右邊長廊之下，有幾個造酒的仙官，盤糟的力士，領幾個運水的道人，燒火的童子，在那裡洗缸刷甕，已造成了香醪佳釀。大聖止不住口角流涎，就要去吃，奈何那些人都在這裡。他就弄個神通，把毫毛拔下幾根，噴將出去，唸聲咒語，叫“變！”即變做幾個瞌睡蟲，奔在眾人臉上。你看那伙人，閉眉合眼，丟了差事，都去打盹。大聖卻拿了些百味珍饈，佳肴異品，走入長廊裡面，挨着甕，放開量，痛飲一番。吃夠了多時，不覺醉了。心裡盤算道："不好！不好！再過會，請的客來，一時抓住，怎麼得了？不如早回府中睡覺去。"

好大聖，搖搖擺擺，任情亂撞，一會就走差了路；不是齊天府，卻是兜率天宮。一見了，頓然醒悟道："兜率宮是三十三天之上，乃離恨天太上老君之處，怎麼走到了這裡？——也罷！也罷！一向要來探望此老，不曾來過，今趁此殘步，就望他一望也好。"即整衣撞進去。那裡不見老君，四無人跡。原來那老君與燃燈古佛在三層高閣朱陵丹臺上講道，眾仙童、仙官、仙吏，都侍立左右聽講。這大聖直至丹房裡面，尋訪不遇，但見丹灶有火。爐左右安放着五個葫蘆，葫蘆裡都是煉就的金丹。大聖歡喜道："此物是仙家之至寶。老孫自得道以來，也要煉些金丹濟人，今日有緣，卻又撞着此物，趁老子不在，等我吃他幾丸嚐新。"他就把那葫蘆裡的丹都傾出來吃了。一時間，腹內丹滿，酒醒了，又自己揣度道："不好！不好！這場禍，比天還大；若驚動玉帝，性命難存。不如下界為王去也！"他跑出兜率宮，不行舊路，從西天門，使個隱身法逃去。即按雲頭，回至花果山界。

卻說那七衣仙女自受了大聖的定身法術，一周天方能解脫。各提花籃，回奏王母，說明原委。王母聞言，即去見玉帝，詳細陳述先前之事。還沒說完，又見那造酒的一班人，同仙官等來奏。玉帝大驚道："快叫糾察靈官緝訪這廝蹤跡！"靈官領旨，即出殿遍訪，盡得詳情。回奏道：“攪亂天宮者，乃齊天大聖也。”玉帝大惱。即差四大天王，協同李天王和哪吒太子，帶領十萬天兵，去花果山圍困，定要捉住那廝處治。

且不説天神圍繞，話表南海普陀落伽山觀世音菩薩，自王母娘娘請赴蟠桃大會，與大徒弟惠岸行者，同登寶閣瑤池，見那裡荒荒涼涼，席面殘亂；雖有幾位天仙，全不就座，都在那裡亂紛紛講論。

菩薩與眾仙相見後，眾仙詳細述説先前事。菩薩道：“你們可跟貧僧去見玉帝。”眾仙怡然隨往。至通明殿前，早有四大天師、赤腳大仙等人聚集在此。

菩薩引領眾人同入裡面，向玉帝行完禮，又與老君、王母相見，各自坐下。便問：“蟠桃盛會如何？”玉帝道：“每年宴請蟠桃盛會，都是喜喜歡歡，今年被妖猴作亂，形同虛邀。”菩薩道：“妖猴是甚麼來歷？”玉帝詳細告知一切。

觀音合掌啟奏：“陛下寬心，貧僧推薦一神，可擒這猴。”玉帝道：“你推舉的是哪一位神仙？”菩薩道：“是陛下令甥顯聖二郎真君，現居灌州灌江口，享受下方香火。他昔日曾力誅六怪，又有梅山兄弟與帳前一千二百草頭神，神通廣大。陛下可降一道調兵旨意，叫他助力，便可擒妖猴。” 玉帝聞言，差大力鬼王前往調兵。那鬼王領了旨，即駕起雲，徑至灌江口。不消半個時辰，直至真君之廟。

這真君即喚梅山六兄弟聚集殿前道：“適才玉帝調遣我等往花果山收降妖猴，同去同回。”眾兄弟全忻然願往。即點本部神兵，駕鷹牽犬，搭弩張弓，縱狂風，霎時過了東洋大海，徑至花果山。四大天王與李天王一起出轅門迎接。相見後，問及勝敗之事，天王詳細地說了一遍。真君聽後，領着六兄弟，出營挑戰，吩咐眾將，緊守營盤，收全了鷹犬。眾草頭神得令。真君只到那水簾洞外，見那一群猴，齊齊整整，排作個蟠龍陣勢。那營口小猴見了真君，急忙跑去報告。那猴王即拿金箍棒，騰出營門，急睜眼觀看，那真君的相貌，果是清奇，打扮得又秀氣。大聖笑嘻嘻的，將金箍棒舉起，高叫道："你是哪裡來的小將，怎敢大膽到此挑戰？"真君聞言，心中大怒道："潑猴！休得無禮！吃吾一刀！"大聖側身躲過，急忙舉起金箍棒，劈手相還。

真君與大聖大戰二百餘回合，不分勝負。正鬥時，大聖忽見本營中妖猴驚散，自覺心慌，提棒抽身就走。真君見他敗走，大步趕上道："哪裡走？趁早歸降，饒你性命！"大聖不戀戰，只管逃走。走至灌江口，搖身一變，變作二郎爺爺的模樣，按下雲頭，徑入廟裡。鬼判沒有認出，一個個磕頭迎接。他坐中間，點查香火。正看時，有人報："又一個爺爺來了。"眾鬼判急急觀

看，真君卻道：“有個甚麼齊天大聖，剛才是否來了這裡？”眾鬼判道：“不曾見甚麼大聖，只有一個爺爺在裡面查點哩。”真君撞進門，大聖現出本相道：“郎君不消嚷，廟宇已姓孫了。”這真君即舉三尖兩刃神鋒，劈臉就砍。那猴王使個身法，讓過神鋒，拿出那繡花針兒，晃一晃，碗來粗細，趕到前面，對面相還。兩個嚷嚷鬧鬧，打出廟門，半霧半雲，且行且戰，又打到花果山，慌得那四大天王等眾，提防愈緊，合心努力，把那美猴王重重圍困。

話表大力鬼王既調了真君與六兄弟提兵擒魔去後，才上天回奏。玉帝與觀音菩薩、王母及眾仙卿，正在靈霄殿講話，道：“二郎已去赴戰，這一日還不見回報。”

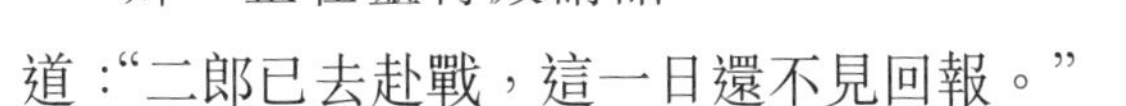

觀音合掌道：“貧僧請陛下同道祖出南天門外，親自去看看虛實如何？”玉帝道：“言之有理。”即擺駕，同道祖、觀音、王母與眾仙卿至南天門。菩薩開口對老君說：“貧僧推薦的二郎神如何？——果有神通，已把那大聖圍困，只是還沒有捉住。我如今助他一功，一定抓住他。”

老君道：“你且莫動手，等我老君助他一功。”即捋起衣袖，左膊上，取下一個圈子，說道：“這件兵器，乃錕鋼摶煉的，被我用還丹點成，養就一身靈氣，善能變化，又能套各種器物：一名‘金鋼琢’，又名‘金鋼套’。早晚最可防身。等我丟下去打他一下。”

說完，自天門上往下一摜，滴流流，徑直落到花果山營盤裡，正好朝猴王頭上一下。猴王只顧苦戰，卻不知天上墜下這兵器，打中了天靈，立不穩腳，跌了一跤，爬將起來就跑；被二郎爺爺的細犬趕上，照腿肚子上一口，又被扯住跌了一跤。急翻身爬不起來，被七聖一擁按住，即將繩索捆綁，使勾刀穿了琵琶骨，再不能變化。那老君收了金鋼琢，請玉帝同觀音、王母、眾仙等，一起回靈霄殿。這下面四大天王與李天王等神，一起收兵拔寨。

第三回

如來五指鎮神猴
唐僧取經收徒弟

話表齊天大聖被眾天兵押去斬妖臺下，綁在降妖柱上，刀砍斧剁，槍刺劍刳，莫想傷及其身。南斗星奮令火神，放火煨燒，亦不能燒着。又叫雷神，以雷屑釘打，越發不能傷損一毫。那大力鬼王與眾神啟奏道："萬歲，這大聖不知是何處學得這護身之法。臣等用刀砍斧剁，雷打火燒，不能傷損他一毫，拿他怎麼辦呢？"太上老君即奏道："那猴吃了蟠桃，飲了御酒，又盜了仙丹，——我那五壺丹，有生有熟，被他都吃在肚裡。運用三昧火，鍛成一塊；所以混做金鋼之軀，一時不能傷他。不如讓老道領去，放在'八卦爐'中，以三昧火鍛煉，他身自為灰燼矣。"玉帝聞言，即教天兵將他押下，交給老君，老君領旨離去。

那老君到兜率宮，將大聖解去繩索，放了穿琵琶骨之器，推入八卦爐中，命看爐的道人，架火的童子，將火煽

起鍛煉。真個光陰迅速，不覺七七四十九日，老君的火候俱全。忽一日，開爐取丹。那大聖雙手捂着眼，正自揉搓流涕，只聽得爐頭聲響。猛睜眼看見光明，他就忍不住，將身一縱，跳出丹爐，呼喇的一聲，往外就走。慌得那架火的，看爐的，與天兵一班人來扯，被他一個個都放倒，老君趕上抓一把，被他一摔，摔了個倒栽葱，脱身走了。即去耳中取出如意棒，迎風晃一晃，碗來粗細，依然拿在手中，不分好歹，又要大亂天宮，打得那九曜星閉門閉戶，四天王無影無形。打到通明殿裡，靈霄殿外。幸有佑聖君的佐使王靈官守衛大殿。他見大聖奔馳無阻，舉起金鞭近前擋住道："潑猴哪裡去！有吾在此，切莫猖狂！"這大聖不由分説，舉棒就打。那靈官舉鞭相迎。兩個在靈霄殿前廝殺在一起。

他兩個鬥在一處，勝敗未分，早有佑聖真君，又差將佐發文到雷府，調三十六員雷將齊來，把大聖圍在垓心，各逞兇惡苦戰。那大聖全無一毫懼色，則搖身一變，變做三頭六臂；把如意棒晃一晃，變作三條；六隻手使開三條棒，好似紡車兒一般，在那垓心裡飛舞。眾雷神不能靠近。當時眾神把大聖攢在一處，卻不能近身，亂嚷亂鬥，早驚動玉帝。就遂傳旨派遊奕靈官同翊聖真君上西方請佛老降伏。

那二聖得了旨，徑到靈山勝境，雷音寶剎之前，對四金剛、八菩薩行禮完畢，即煩請他們轉達。眾神隨後至寶蓮臺下啟奏，如來召請。二聖禮佛三匝，侍立臺下。如來問："玉帝有何事情，煩二聖下臨？"二聖即將前事相告。如來聞説，即對眾菩薩道："你等在此穩坐法堂，休得亂了禪位，等我煉魔救駕去。”即喚阿儺、迦葉二尊者相隨，離了雷音，徑至靈霄門外。忽聽得喊聲震耳，乃三十六員雷將圍困着大聖哩，佛祖傳法旨：“教雷將停止打鬥，放開包圍，叫那大聖出來，等我問他有何法力。”眾將果然退去。大聖也現出原身走近，怒氣昂昂，厲聲高叫道：“你是那方善士，敢來止住刀兵問我？”如來笑道：“我是西方極樂世界釋迦牟尼尊者，你這廝乃是個猴子成精，怎敢痴心妄想，要奪玉皇大帝尊位？”

大聖道：“常言道：‘皇帝輪流做，明年到我家。’只教他搬出去，將天宮讓給我，便罷了；若還不讓，定要攪攘，永無清平！”佛祖道：“你有何能，敢佔天宮勝境？”大聖道：“我的手段多哩！我有七十二般變化，萬劫長生不老。會駕觔斗雲，一縱十萬八千里。如何坐不得天位？”佛祖道：“我與你打個賭賽：你若有本事，一觔斗打出我這右手掌中，算你贏，再不用動刀兵苦爭戰，就請玉帝把天宮讓你；若不能打出手掌，你還下界為妖，再修幾劫。”

那大聖聞言，暗笑道：“這如來好獃！我老孫一觔斗去十萬八千里。他那手掌，方圓不滿一尺，如何跳不出去？”即收了如意棒，抖擻神威，將身一縱，站在佛祖手心裡，道聲：“我出去也！”你看他一路雲光，無影無形去了。佛祖慧眼觀看，見那猴王只管前進。大聖行時，忽見有五根肉紅柱子，撐着一股青氣。他道：“這裡是盡頭路了。這番回去，靈霄宮定是我坐也。”又思量說：“且住！等我留下些記號，方好與如來說話。”拔下一根毫毛，吹口仙氣，叫“變！”變作一管濃墨雙毫筆，在那中間柱子上寫一行大字云：“齊天大聖，到此一遊。”寫完，收了毫毛。又在第一根柱子根下撒了一泡猴尿。翻轉觔斗雲，徑回來處，站在如來掌內道：“我已去，現在回來了。你教玉帝讓天宮給我。”

如來罵道：“你這個尿精猴子！你正好不曾離了我掌哩！”大聖道：“你是不知。我去到天盡頭，見五根肉紅柱，撐着一股青氣，我留個記號在那裡，你敢和我同去看麼？”如來道：“不消去，你只自低頭看看。”那大聖睜圓火眼金睛，低頭看時，原來佛祖右手中指寫着‘齊天大聖，到此一遊。’大指丫裡，還有些猴尿臊氣，大聖吃了一驚道：“有這等事！我將此字寫在撐天柱子上，如何卻在他手指上？莫非有個未卜先知的法術。我決不信！等我再去看看！”

好大聖，急縱身又要跳出，被佛祖

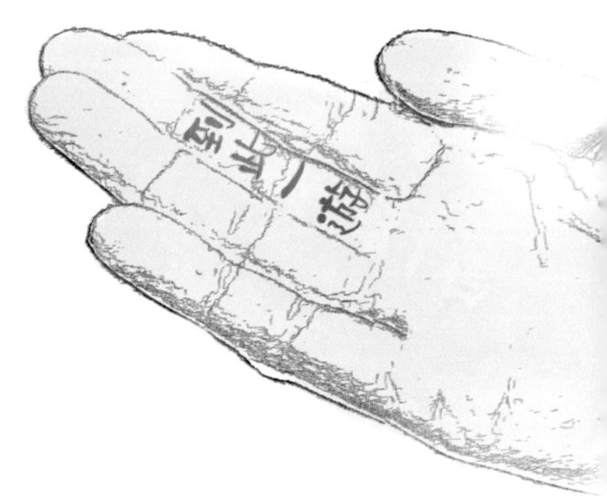

翻掌一撲，把這猴王推出西天門外，將五指化作金、木、水、火、土五座聯山，喚名“五行山”，輕輕的把他壓住。又從袖中取出一張帖子，上有六個金字：“唵、嘛、呢、叭、咪、吽”。遞與阿儺，叫貼在那山頂上。如來即辭別了玉帝眾神，與二尊者出天門之外，又唸動真言咒語，將五行山，召一尊土地神祇，居住此山監押。大聖飢時，與他鐵丸子吃；渴時，與他溶化的銅汁飲。待他災愆滿日，自有人救他。

話表猴王被如來鎮壓在五行山下，很快就過了五百年。時值東土大唐貞觀年間，唐王太宗選了一位高僧去西天天竺國大雷音寺如來處，取大乘佛法三藏。高僧法名玄奘，因去取三藏經，太宗賜號“三藏”，他包袱裡包着一件錦襴袈裟，手裡拿着一根九環錫杖，就西行取經，跋涉山川，經歷許多艱險，一日來到五行山前，只聽得山腳下一聲叫喊如雷道：“師父救我！”唐三藏驚驚慌慌，牽馬前去，行了不過數里，就見那山腳下有一猴，露着頭，亂招着手道：“師父，來得好，來得好！救我出來，我保你上西天去也！”唐三藏走上前細看，但見他：頭上堆苔蘚，耳中生薜蘿，鬢邊少髮多青草，頷下無鬚有綠莎。就發慈悲之心，説道：“你願入沙門，隨我取經，只是我又沒斧鑿，如何救得你出來？”那猴道：“不用斧鑿，你只要肯救我，我自己會出來。這山頂上有我佛如來的金字壓帖。你只上山去將帖兒揭起，我就出來了。”三藏依他所說，上山將那帖兒輕輕揭下，徑直下了高山，又至石匣邊，對那猴道：“揭了壓帖了，你出來罷。”那猴歡喜，叫道：“師父，你請走開些，我好出來。莫驚了你。”

三藏走了五七里遠近，又聽得那猴高叫道：“再走！再走！”三藏又行了很遠，下了山，只聞得一聲響亮，真個是地裂山崩，只見那猴早到了三藏的馬前，赤淋淋跪下，道聲“師父，我出來也！” 對三藏拜了四拜，急起身，三藏見他實有好心，真個像沙門中的人物，便叫：“徒弟啊，你姓甚麼？”猴王道：“我姓孫，原有個法名，叫做孫悟空。”三藏歡喜道：“也正合我們的宗派。我給你再起個混名，稱為行者，好麼？"悟空道："好！好！好！"自此時又稱為孫行者。

卻說那孫行者請三藏上馬，他在前邊，背着行李，赤條條，拐步而行。不多時，過了兩界山，忽然見一隻猛虎，咆哮剪尾而來。三藏在馬上驚心。行者在路旁歡喜道："師父莫怕他。他是送衣服給我的。放下行李，耳朵裡拔出一個針兒，迎着風，晃一晃，原來是個碗來粗細一條鐵棒。他拿在手中，笑道："這寶貝，五百餘年不曾用着他，今日拿出來掙件衣服兒穿穿。"你看他拽開步，迎着猛

虎，道聲“業畜！那裡去！”那隻虎蹲着身，伏在塵埃，動也不敢動。被他照頭一棒，就打的腦漿迸散，唬得那陳玄奘滾鞍落馬，行者將虎拖過來道：“師父略坐一坐，等我脫下他的衣服來，穿了走路。”好猴王，把毫毛拔下一根，吹口仙氣，叫“變！”變作一把牛耳尖刀，從那虎腹上挑開皮，往下一剝，剝下個囫圇皮來；提起來圍在腰間，路旁揪了一條葛藤，緊緊束定，遮了下體道：“師父，且去！且去！到了人家，借些針線，再縫不遲。”他把條鐵棒，捻一捻，依舊像個針兒，收在耳裡，背上行李，請師父上馬。

一路上晚宿曉行，不覺已到初冬時候，師徒倆正走了多時，忽見路旁呼哨一聲，闖出六個人來，各執長槍短劍，大喊一聲道：“那和尚！那裡走！趕早留下馬匹，放下行李，饒你性命過去！”唬得那三藏魂飛魄散，跌下馬來，不能說話。行者的膽量原大，走上前來，對那六個人施禮道：“列位有甚麼理由，阻我貧僧的去路？”那人道：“我等是行好心的山主。早早地留下東西，放你過去；若道半個‘不’字，教你碎屍粉骨！”悟空笑道：“原來是六個毛賊！你卻不認得我這出家人是你的主人公，你倒來擋路。把那打劫的珍寶拿出來，我與你們六個，作七份兒均分，饒了你罷！”賊人聞言，掄槍舞劍，一擁前來，照行者劈頭亂砍，乒乒乓乓，砍有七八十下。悟空停立中間，只當不知。那賊道：“好和尚！真個的頭硬！”行者笑道：“你們也打得手困了，該老孫取出個針兒來耍耍。”

行者伸手去耳朵裡拔出一根繡花針兒，迎風一晃，卻是一條鐵棒，拿在手中道："不要走！也讓老孫打一棍兒試試手！"唬得這六個賊四散逃走，被他拽開步，團團趕上，一個個全都打死了，奪了他的盤纏，笑吟吟走過來道："師父請行。那賊已被老孫剿了。"三藏道："你十分撞禍！他雖是翦徑的強徒，就是被抓到官府，也不該死罪；你縱有手段，只可退他去便罷，怎麼就都打死了？這真是無故傷人的性命，如何做得和尚？全無一點慈悲好善之心！"悟空道："師父，我若不打死他，他卻要打死你哩。"三藏道："我這出家人，寧死決不敢行兇。我就死，也只是一身，你卻殺了他六人，這又怎麼說呢？"行者道："不瞞師父說：我老孫五百年前，佔據花果山稱王的時候，也不知打死多少人；假如似你所說，我就做不到齊天大聖了。"三藏道："只因你沒收沒管，暴橫人間，欺天誑上，才受這五百年前之難。今既入了沙門，若是還像當時行兇，一味傷生，就去不得西天，做不得和尚！太可惡！太可惡！"

原來這猴子一生受不得人氣。他見三藏只管絮絮叨叨，按不住心頭火發道："你既是說我做不得和尚，上不得西天，不必這般囉嗦嫌惡我，我回去便是！"說完，將身一縱，說一聲"老孫去也！"三藏急抬頭，早已不見。只聽得呼的一聲，往東回去。那長老孤孤零零，悲怨不已，道："這廝！這等不受教誨！我只說他幾句，他怎麼就無形無影的，這就回去了？——罷！罷！罷！也是我命裡不該招徒弟！"

那長老只得收拾行李，捎在馬上，也不騎馬，一隻手拄着錫杖，一隻手揪着轡繩，淒淒涼涼，往西前進。行不多時，只見山路前面，有一個年高的老母，捧一件綿衣，綿衣上有一頂花帽。三藏見他來得身旁，慌忙牽馬讓行。那老母問道："你是那裡來的長老，孤單一個獨行於此？"三藏道："弟子乃東土大王差往西天求真經者。"老母道："西方佛乃大雷音寺天竺國界，此去有十萬八千里路。你這樣單人獨馬，無個徒弟，如何去得！"三藏道："弟子日前，收得一個徒弟，他性潑兇頑，是我說了他幾句，他不受教，就渺然而去也。"老母道："我有這一領綿布直裰，一頂嵌金花帽。原是我兒子用的。他只做了三日和尚，不幸命短身亡。長老啊，你既有徒弟，我把這衣帽送了你罷。"三藏道："承老母盛賜；只是我徒弟已走了，不敢領受。"老母道："他哪邊去了？"三藏道："我聽得呼的一聲，他回東邊去了。"老母道："東邊不遠，就是我家，想必往我家去了。我那裡還有一篇咒兒，喚做'定心真言'；又名做'緊箍兒咒'。你可暗暗的唸熟，牢記心頭，莫泄漏一人知道。我去趕上他，叫他還來跟你，你就將此衣帽給他穿戴。他若不服你使喚，你就默唸此咒，他再不敢離開了。"三藏低頭拜謝。那老母化一道金光，回東而去。三藏情知是觀音菩薩授此真言，急忙撮土焚香，望東懇懇禮拜。拜罷，收了衣帽，藏在包袱中間。坐於路旁，誦習那《定心真言》。來回唸了幾遍，唸得爛熟。

卻說那悟空別了師父，一觔斗雲，早已十萬八千里外，正走，卻遇着南海菩薩。菩薩道："孫悟空，你怎麼不受教誨，不保唐僧，來此處幹甚麼？”慌得個行者在雲端裡施禮道：“先前承蒙菩薩善言，果有唐朝僧到，揭了壓帖，救了我命，跟他做了徒弟。他卻怪我兇頑，我才撇開他一會，如今就去保他也。”菩薩道：“趕早去，莫錯過了念頭。”說完，各自回去。這行者，一會兒就看見唐僧在路旁悶坐。他上前道：“師父！怎麼不走路？還在此做甚麼？”三藏抬頭道：“你往哪裡去了？教我行又不敢行，動又不敢動，只管在此等你。我略略的言語重了些兒，你就怪我，使個性子丟了我去。只管我在此忍餓。你也過意不去呀！”行者道：“師父，你若餓了，我便去給你化些齋吃。”三藏道：“不用化齋。我那包袱裡，還有些乾糧，你去拿缽盂尋些水來，等我吃些兒走路罷。”

行者去解開包袱，在那包袱中間有幾個粗麵燒餅，拿出來遞給師父。又見那光艷艷的一領綿布直裰，一頂嵌金花帽，行者道：“這衣帽是東土帶來的？”三藏就順口兒答應道：“是我小時穿戴的。這帽子若戴了，不用教經，就會唸經；這衣服若穿了，不用演禮，就會行禮。”行者道：“好師父，給與我穿戴了罷。”三藏道：“你若穿得，就穿了罷。”行者遂將綿布直裰穿上，又把帽兒戴上。三藏見他戴上帽子，就不吃乾糧，卻默默的唸那《緊箍咒》一遍。行者叫道：“頭痛！頭痛！”那師父不住的又唸了幾遍，把那行者痛得打滾，抓破了嵌金的花帽。三藏恐怕扯斷金箍，住了口不唸。不唸時，他就不痛了。伸手去頭上摸摸，似一條金線兒模樣，緊緊的勒在上面，揪不斷，已經在那裡生了根了。他從耳裡取出針兒來，撞入箍裡，往外亂捎。三藏口中又唸起來，他依舊生痛，痛得耳紅面赤，眼脹身麻。那師父見他這樣，又復住了口，他的頭又不痛了。行者道："我這頭，原來是師父咒我的。"三藏道："我唸得是《緊箍經》，何曾咒你？你今番可聽我教誨了？"行者道："聽教了！"——"你再可無禮了？"行者道："不敢了；"三藏道："既如此，服侍我上馬去也。"那行者才死心塌地，抖擻精神，束一束綿布直裰，扣背馬匹，收拾行李，奔西而進。

趣味重溫

大鬧天宮

一，你明白嗎

根據故事內容判斷正誤，在正確判斷後打(√)，錯誤的判斷後打(×)。

1. 招安孫悟空是因為玉帝惜才愛才。 ( )
2. 因孫悟空與天地齊壽，所以玉帝賞賜他一個“齊天大聖”的官銜。( )
3. 孫悟空做“齊天大聖”期間，從沒管過實事。( )
4. 孫悟空兩次離開天庭，返回花果山，是因為玉帝太小氣，總封些芝麻小官給他做。( )
5. 天兵天將之所以能捉住本領高強的孫悟空，二郎神的細犬起了最關鍵的作用。( )
6. 孫悟空一斛斗沒能打出如來的手掌，是因為“一股青氣”令他迷失了方向。( )

二，想深一層

1. 孫悟空奉玉帝旨意，代管蟠桃園，他自己卻偷吃桃，這是典型的__________行為。

   a. 自給自足　b. 監守自盜　c.傷天害理

2. 孫悟空打死六個強盜，唐僧一味怪罪，只管絮絮叨叨，孫悟空憤然離開唐僧，碰上觀音菩薩後，他為何又主動返回唐僧身邊？

   a. 害怕觀音報告給如來，再把他壓回五行山下。

   b. 孫悟空尚念唐僧救命之恩，並非真想離開唐僧。

   c. 受觀音菩薩點化，他怕錯過修成正果的機會。

3. 唐三藏驚驚慌慌，牽馬前去，行了不過數里，就見那山腳下有一猴，露着頭，亂招着手道："師父，來得好，來得好！救我出來，我保你上西天去也！"唐三藏走上前細看，但見他：頭上堆苔蘚，耳中生薜蘿，鬢邊少髮多青草，頷下無鬚有綠莎。

上文中對孫悟空相貌描寫的作用是（　）

a. 為了能引起唐僧同情，救孫悟空出來，收其為徒弟。

b. 以怪異恐怖的形貌，來訓練唐僧的膽量。

c. 印證孫悟空被壓在五行山下之久，與前面的"五百年"相呼應。

d. 反襯天庭對孫悟空懲罰之嚴酷。

e. 不尋常的相貌暗示悟空超常的本領，唐僧正是因此才肯救他，收其為徒的。

4. 刻畫人物形象，除了相貌描寫外，常見的還有語言描寫、動作描寫、心理描寫。試根據刻畫人物的不同方法給下列選段分類。

a. 一時間，腹內丹滿，酒醒了，又自己揣度道："不好！不好！這場禍，比天還大；若驚動玉帝，性命難存。不如下界為王去也！"

b. 金星趨步向前，徑直入洞內，面南立着道："今告大聖，先前因大聖嫌惡官小，躲離御馬監，有本監中官員奏了玉帝。玉帝傳旨道：'凡授官職，皆由低而高，為何嫌小？'即有李天王領哪吒下界討戰。不知大聖神通，故遭敗北，回天奏道：'大聖立一竿旗，要做"齊天大聖"。'眾武將還要言戰，是老漢竭力為大聖冒罪啟奏玉帝，請大王上天為官。玉帝准奏，因此來請。"

c. 只見那猴王脱了冠服，爬上大樹，揀那熟透的大桃，就在樹枝上自在受用。吃了一個飽，才跳下樹來，戴帽穿衣，喚眾隨從回府。過了二三日，又去設法偷桃，儘他一人享用。

d. 悟空笑道："原來是六個毛賊！你卻不認得我這出家人是你的主人公，你倒來擋路。把那打劫的珍寶拿出來，我與你們六個，作七份兒均分，饒了你罷！"

e. 那大聖聞言，暗笑道："這如來好獃！我老孫一觔斗去十萬八千里。他那手掌，方圓不滿一尺，如何跳不出去？"……又思量說："且住！等我留下些記號，方好與如來說話。"

f. 孫悟空金箍棒，變作萬萬千千。半空中似雨點流星，不分勝負。悟空手疾眼快，正在那混亂之時，他拔下一根毫毛，叫聲"變！"就變做他的本相，手挺着棒，迷惑着哪吒；他的真身，卻一縱，趕至哪吒腦後，朝左膊上一棒打來。

三，延伸思考

花果山為王，或天庭為官，或歷經千辛萬苦、取經西天修得正果，假如你是孫悟空，你會選擇哪種生活方式？為甚麼？

巧戰妖道

第一回

和尚受難車遲國
三徒夜探三清觀

話説唐三藏師徒迎風冒雪，戴月披星。行夠多時，又值早春天氣。師徒們在路上，遊觀景色，緩馬而行，忽聽得一聲吆喝，好似千萬人吶喊之聲。唐三藏心中害怕，兜住馬不能前進，急回頭道：“悟空，是哪裡這等響震？”孫行者笑道：“待老孫看看是怎麼回事。”好行者，將身一縱，踏雲光，升到空中，睜眼觀看，遠見一座城池，倒也祥光隱隱，不見甚麼凶氣紛紛。行者暗自沉吟道：“好地方！如何有響聲震耳？……”正議間，只見那城門外，有一塊沙灘空地，聚集了許多和尚，在那裡扯車兒哩。原來是一齊着力打號，所以驚動唐僧。

行者漸漸按下雲頭來看，呀！那車子裝的都是磚瓦木頭土坯之類；灘頭上斜坡最高，又有一道夾脊小路，兩座大關；關下路都是直立壁陡之崖，那車兒怎麼拽得上去？雖是天色和暖，那些人卻都是衣衫襤褸。看樣子十分窘迫，行者心疑道：“想必是修蓋寺院，他這裡五穀豐登，尋不出雜工人來，所以這和尚親自努力。……”正暗自猜疑未定，只見那城門裡，搖搖擺擺，走出兩個頭戴星冠，身披錦繡，面如滿月的少年道士來。那些和尚見道士來，一個個心驚膽戰，加倍用力，拼命地拽那車子。行者就曉得了：“咦，想必這和尚們怕那道士；不然啊，怎麼這等著力拽扯？我曾聽到人說，西方路上，有個敬道滅僧之處，難道就是這裡？”

好大聖，按落雲頭，去郡城腳下，搖身一變，變做個雲遊四方的道士，左臂上掛着一個水火籃兒，手敲着漁鼓，口唱着道情詞，近城門，迎着兩個道士，當面躬身道：“動問二位道長，這城中那條街上好道？那個巷裡好賢？我貧道好去化些齋吃。”道士笑道：“我這城中，且休說文武官員好道，富民長者愛賢，大男小女見我等拜請奉齋，——這般都不須掛齒，——頭一等就是萬歲君王好道愛賢。”行者道：“貧道剛從遠方來，實是不知。煩二位道長將這裡地名，君王好道愛賢之事，細說一遍。”道士說：“此城名喚車遲國。寶殿上君王與我們有親。”

行者聞言，呵呵笑道：“想必是道士做了皇帝？”他道：“不是。只因二十年前，老百姓遭了旱災，地裡莊稼都枯死了，不論君臣黎庶，大小人家，戶戶拜天求雨。正處於生死存亡之際，忽然天降下三個仙長來，普救生靈。”行者問道：“是哪三個仙長？”道士云：“我大師父，稱做虎力大仙；二師父，鹿力大仙；三師父，羊力大仙。”行者問曰：“三位尊師，有多少法力？”道士云：“我那師父，呼風喚雨，只在翻掌之間；指水為油，點石成金，猶如轉身之易；君臣相敬，與我們結為親戚也。”

行者又問道：“為何只見僧人在灘上幹活？”道士

云：“你不知道。因當年求雨之時，僧人在一邊拜佛，道士在一邊向星辰禱告，都領朝廷的糧食；誰知那和尚不中用，空唸經，辦不了事。後來我師父一到，喚雨呼風，避免了萬民塗炭。這才惱了朝廷，説那和尚無用，拆了他的山門，毀了他的佛像，不放他們回鄉，御賜給我們家做活，就像小廝一樣。”

行者感謝不盡，長揖一聲別了道士。敲着漁鼓，徑往沙灘之上，使個神通，將車兒提起來，摔得粉碎。把那些磚瓦木頭，全拋下斜坡。教唆眾僧：“散！莫在我手腳邊，等我明日見這皇帝，滅那道士！”眾僧道：“爺爺呀，我等不敢遠走；擔心被差人捉住押來，又要挨打，反又生災。”行者道：“既如此，我與你個護身法兒。”好大聖，把毫毛拔了一把，嚼得粉碎，每一個和尚給他一截。教他們：“捻在無名指甲裡，握緊了拳頭，只管走路。無人敢拿你便罷；若有人拿你，握緊了拳頭，叫一聲‘齊天大聖’，我就來護你。”眾僧道：“爺爺，倘若去得遠了，看不見你，叫你不應，怎麼是好？”行者道：“你只管放心，就是萬里之遙，可保全無事。”

卻説那唐僧在路旁，等不得行者回話，教豬八戒引馬投西，遇着些僧人奔走；將近城邊，見行者還與十幾個未散的和尚在那裡。三藏勒馬道：“悟空，你怎麼來打聽個響聲，許久不回？”行者引了十幾個和尚，到唐僧馬前施禮，將上項事説了一遍。三藏大驚道：“這樣啊，我們怎麼辦？”那十幾個和尚道：“老爺放心。孫大聖爺爺是天神降的，神通廣大，定保老爺無事。我等是這城裡敕建智淵寺內僧人。因這寺是先王太祖御造的，現有先王太祖神像在內，未曾拆毀。城中寺院，大小全都拆了。我等請老爺趕早進城，到我荒山安下。待明日早朝，孫大聖必有處置。”行者道：“你們說得是；也罷，趁早進城去吧。”

那長老這才下馬，行到城門之下。此時已太陽西墜。過吊橋，進了三層門裡，街上人見智淵寺的和尚牽馬挑包，全都迴避。正行時，卻到了山門前。但見那門上高懸着一面金字大匾，乃“敕建智淵寺”。眾僧推開門，穿過金剛殿，把正殿門開了。唐僧取袈裟披起，拜遍金身，才入。眾僧叫道：“看家的！”老和尚走出來，看見行者，就拜道：“你來了？我認得你是齊天大聖孫爺爺。我們夜夜夢中見你。太白金星常常來托夢，說道，只等你來，我們才得性命。今日果見尊顏與夢中無異。爺爺呀，幸虧來得早！再遲一兩日，我等都做了鬼啊！”行者笑道：“請起，請起。明日就有分曉。”眾僧安排齋飯，他師徒們吃了。打掃乾淨方丈，安寢一宿。

二更時候，孫大聖心中有事，偏睡不着。只聽得哪裡吹打，悄悄的爬起來，穿了衣服，跳在空中觀看，原來是正南上燈燭熒煌。低下雲頭仔細再看，卻是三清觀道士祭禱消災哩。那三個老道士，披了法衣，想是那虎力、鹿力、羊力大仙。下面有七八百個散眾，擂鼓敲鐘，上香祈禱，全都侍立兩邊。行者暗自喜道：“我欲下去與他混一混，奈何孤掌難鳴，且回去關照八戒、沙僧一聲，一同來耍耍。”

按落祥雲，徑至方丈中。原來八戒與沙僧睡着。行者先叫悟淨。沙和尚醒來道：“哥哥，你還不曾睡哩？”行者道：“你且起來，我和你去受用些。”沙僧道：“半夜三更，口枯眼澀，有甚麼受用？”行者道：“這城裡果有一座三清觀。觀裡道士們修行祭神，三清殿上有許多供養：饅頭足有斗大，燒果五六十斤一個，襯飯無數，果品新鮮。和你受用去！”那豬八戒睡夢裡聽見說吃好東西，就醒了，道：“哥哥，就不帶我去？”行者道：“兄弟，你要吃東西，不要大呼小叫，驚醒了師父，都跟我去。”

他兩個套上衣服，悄悄的走出門，隨行者踏了雲頭，跳將起來。那獃子看見燈光，就要下手。行者扯住道：“先別忙。待他散了，才可下去。”八戒道：“他才唸到興頭上，卻怎麼肯散？”行者道：“等我弄個法兒，他就散了。”好大聖，唸個咒語，吸一口氣，呼的吹去，便是一陣狂風，徑直捲進那三清殿上，把那些花瓶燭台，四壁上懸掛的功德，一齊颳倒，於是燈火盡無。眾道士心驚膽戰。虎力大仙道：“徒弟們且散。這陣神風所過，吹滅了燈燭香花，各人回去就寢，明朝早起，多唸幾卷經文補數。”眾道士果各退回。

這行者卻引八戒、沙僧，按落雲頭，闖上三清殿。獃子拿過燒果來，張口就啃。行者罵道“莫要小家子氣。且行禮坐下受用。”八戒道：“不羞！偷東西吃，還要行禮！若是被請來，不知道要怎樣呢！”行者道：“這上面坐的是甚麼菩薩？”八戒笑道：“三清也認不得，卻認做甚麼菩薩！”行者道：“哪三清？”八戒道：“中間的是元始天尊，左邊的是靈寶道君，右邊的是太上老君。”行者道：“都要變得這般模樣，才吃得安穩哩。”那獃子急了，聞得那香噴噴供養，要吃，爬上高臺，把老君一嘴拱下去道：“老官兒，你也坐得夠了，讓我老豬坐坐。”八戒變做太上老君；行者變做元始天尊；沙僧變作靈寶道君。把原像都推下去。剛坐下，八戒就搶大饅頭吃。行者道：“莫忙哩！”八戒道：“哥哥，變得如此，還不吃等甚麼？”行者道：“兄弟呀，吃東西事小，泄漏天機事大。這聖像都推在地下，倘有起早的道士來撞鐘掃地，或絆一個筋頭，就不走漏消息？你把他藏到一邊去。”八戒道：“此處路生，摸不着門，到哪裡藏他？”行者道“我才進來時，那右手下有一重小門兒，那裡面穢氣熏人，想必是個五穀輪迴之所。你把他送在那裡去罷。”

這獃子有些夯力量，跳下來，把三個聖像，拿在肩膊上，扛將出來；到那邊，用腳蹬開門看時，原來是個大茅廁。笑道：“這個弼馬溫果然會弄嘴弄舌！把個毛坑也給他起個道號，叫做甚麼‘五穀輪迴之所’！”那獃子扛在肩上，望裡一摔，濽了半衣襟臭水，走上殿來。行者道：“可藏得好麼？”八戒道：“藏是藏得好；只是濺起些水來，污了衣服，有些醃臢臭氣。”行者笑道：“算了，你暫且來受用；還不知道是否可得個乾淨身子出門哩。” 那獃子還變做老君。三人坐下，盡情受用。

原來那東廊下有一個小道士，才睡下，忽然起來道：“我的手鈴兒忘記在殿上，若失落了，明日會被師父責罰的。”對那同睡者說：“你睡着，等我去找找。”急忙中不穿內衣，只扯一領直裰，徑到正殿中尋鈴。摸來摸去，鈴兒摸着了。正欲回頭，只聽得有呼吸之聲，急拽步往外走時，不知怎的，踩着一個荔枝核子，撲的滑了一跌。噹的一聲，把個鈴兒跌得粉碎。豬八戒忍不住呵呵大笑，把個小道士嚇走了三魂，驚回了七魄，一步一跌，撞到那禪房外，打着門叫：“師公！不好了！禍事了！”三個老道士還未曾睡，即開門問：“有甚麼禍事？”他戰戰兢兢道：“弟子忘失了手鈴兒，因去殿上尋鈴，只聽得有人呵呵大笑，險些兒嚇死我！”老道士聞言，即叫：“掌燈來！看是甚麼邪物？”一聲傳令，驚動那兩廊的道士，大大小小，都爬起來點着燈火，往正殿上觀看。

第二回

三清觀大聖留名
車遲國猴王顯法

卻說孫大聖左右手分別把沙和尚及豬八戒捻一把，他二人立刻就省悟。坐在高處，垂着臉，不言不語。任憑那些道士點燈着火，前後照看。他三個就如泥塑金裝一般模樣。虎力大仙道："沒有歹人，如何把供獻都吃了？"鹿力大仙道："卻像人吃的勾當，有皮的都剝了皮，有核的都吐出核，卻怎麼不見人形？"羊力大仙道："師兄勿疑。想必是我們虔心敬意，在此晝夜誦經，斷然驚動天尊。三清爺爺聖駕降臨，受用了這些供養。趁現在仙人們未返，鶴駕在這裡，我等可拜告天尊，懇求些聖水金丹，進獻給陛下，顯我們的功德？"虎力大仙道："說的是。"叫："徒弟們動樂誦經！一邊取法衣來，等我步罡拜禱。"那些小道士全都遵命，兩班兒擺列齊整。噹的一聲磬響，齊唸一卷黃庭道德真經。虎力大仙披了法衣，舉着玉簡，在悟空等面前舞蹈揚塵，拜伏於地。

八戒聞言，心中忐忑，悄悄對行者說："這是我們的不是：吃了東西，且不走路，只等這般禱祝。現在怎麼應付？"行者又捻一把，忽地開口，叫聲："晚輩小仙，暫且不要拜祝。我等自蟠桃會上來的，不會帶得金丹聖水，待改日再來垂賜。"那些大小道士聽見說出話來，一個個顫抖着說：“爺爺呀！活天尊臨凡，千萬不要錯過，好歹求個長生的法兒！”鹿力大仙上前，又拜。沙僧捻着行者，悄聲說道：“哥呀，要得緊，又來禱告了。”行者道：“給他些罷。”八戒寂寂道：“哪裡有？”行者道：“你只看着我；我有時，你們也都有了。”那道士吹打已完，行者道：“既如此，取器皿來。”那道士一齊磕頭謝恩。虎力大仙愛強，就抬一口大缸，放在殿上；鹿力大仙端一砂盆安在供桌之上；羊力大仙把花瓶摘了花，移在中間。行者道：“你們都出殿前，掩上殿門，不可泄了天機，好留給你們些聖水。”眾道一齊跪伏在台階前空地上，掩了殿門。那行者站起來，掀起虎皮裙，撒了一花瓶尿。豬八戒見了，歡喜道：“哥啊，我和你做這幾年兄弟，只這些兒不曾弄過。我才吃了些東西，正要幹這個事兒哩。”那獃子揭衣服，呼喇喇的溺了一砂盆。沙和尚也撒了半缸。依舊整衣端坐在上道：“小仙領聖水。”

那些道士，推開格子，磕頭禮拜謝恩，抬出缸去，將那瓶裡盆裡的都倒進缸裡，說：“徒弟，取個鍾子來嚐嚐。”小道士立刻便拿了一個茶鍾，遞給老道士。道士舀出一鍾來，喝下口去，只管抹唇咂嘴。鹿力大仙道：“師兄好吃麼？”老道士努著嘴道：“不怎麼好吃，有些酣醳之味。”羊力大仙道：“等我嚐嚐。”也喝了一口，道：“有些豬尿臊氣。”行者坐在上面，聽見說出這話兒來，已經被識破了，道：“我弄個手段，索性留個名罷。”大叫道：“哪裡是甚麼聖水，你們吃的都是我撒的尿！”那道士聞得此言，攔住門，一齊動叉鈀、瓦塊、石頭，沒頭沒臉，往裡面亂打。好行者，左手挾了沙僧，右手挾了八戒，闖出門，駕着雲光，徑轉智淵寺方丈。不敢驚動師父，三人又復睡下。早已是五鼓三點。此時唐三藏醒來，叫：“徒弟，徒弟，服侍我倒換關文去。”行者與沙僧、八戒急起身，穿了衣服，侍立左右道：“上告師父。這國君信任那些道士，興道滅僧，恐言語不對，不肯倒換關文；我等護持師父，都進朝去也。”

唐僧大喜，披了錦襴袈裟。行者帶了通關文牒，教悟淨捧着缽盂，悟能拿了錫杖；將行囊、馬匹，交與智淵寺僧看守。徑到五鳳樓前，對黃門官行禮，報了姓名。説是來倒換關文，煩為轉奏。那閣門大使，進朝奏曰：“外面有四個和尚，説是東土大唐取經的，要來倒換關文，現在五鳳樓前候旨。”國王聞奏道：“這和尚沒處尋死！那巡捕官員，怎麼不捉他解來？”旁邊閃過當駕的太師，啟奏道：“東土大唐，號曰中華大國。到此有萬里之遙，路多妖怪。這和尚一定有些法力，才敢西來。望陛下暫且召來驗牒放行，或有不失善緣之意。”國王准奏，把唐僧等宣至金鑾殿下。師徒們排列階前，捧關文遞與國王。

國王展開正看，又見黃門官來奏：“三位國師來也。”慌得國王收了關文，急下龍座，躬身迎接。三藏等回頭觀看，見那大仙，搖搖擺擺，後帶着一雙丫髻蓬頭的小童兒，往裡直進。上了金鑾殿，對國王也不行禮。那國王道：“國師，朕未曾奉請，今日怎麼肯大駕光降？”老道士云：“有一事奉告，故來也。那四個和尚是哪國來的？”國王道：“是東土大唐差去西天取經的，來此倒換關文。”那三道士鼓掌大笑道：“我說他走了，原來還在這裡！”國王驚道：“國師有此問。想必是他冒犯了尊顏，有得罪處也？”道士笑云：“陛下不知。他們昨日來的，在東門外打殺了我兩個徒弟，放了五百個囚僧，摔碎車輛，夜間闖進觀來，把三清聖像毀壞，偷吃了御賜供養。我等被他蒙蔽了，只道是天尊下降；求些聖水金丹，進獻給陛下，指望能延壽長生；沒料到他撒些小便，哄瞞我等。我等各喝了一口，嚐出滋味，正欲下手擒拿他卻走了。今日還在此間，正所謂‘冤家路兒窄’也！”那國王聞言發怒，欲殺四人。

就在此刻，又見黃門官來奏：“陛下，門外有許多鄉老聽宣。”國王即宣至殿前，有三四十名鄉老，朝上磕頭道：“萬歲，今年一春無雨，恐怕夏季乾旱，特來啟奏，請那位國師爺爺祈一場甘雨，普濟黎民。”國王道：“鄉老且退，就有雨來也。”鄉老謝恩而出。國王道：“唐朝僧人，朕敬道滅僧為何？只因當年求雨，我朝僧人，未嘗求得一點雨；幸天降國師，拯救生靈，免於塗炭。你今遠來，冒犯國師，本當即刻問罪；姑且饒恕你，敢與我國師賭勝求雨麼？若祈得一場甘雨，朕即饒你罪名，倒換關文，放你西去。若賭不過，無雨，就將你等推赴殺場典刑示眾。”行者笑道：“小和尚也曉得些兒求禱。”

國王見和尚這麼說，即命打掃壇場；一面吩咐隨從：“擺駕，寡人親上五鳳樓觀看。”當時多官擺駕。一會兒，上樓坐了。唐三藏隨着行者、沙僧、八戒，侍立樓下。那三道士陪國王坐在樓上。稍後，一員官飛馬來報：“壇場諸物皆備，請國師爺爺登壇。”

那虎力大仙，欠身拱手，辭了國王，徑下樓來。行者向前攔住道：“先生哪裡去？”大仙道：“登壇祈雨。”行者道：“你也太自重了，更不讓我遠鄉之僧——也罷，先生先去，必須在國君面前講開。”大仙道：“講甚麼？”行者道：“我與你都上壇祈雨，誰知道這雨是你的，還是我的？顯不出這是誰的功績。那時彼此混賴，不成事情。須講開才好行事。”大仙道：“這一上壇，只看我的令牌為號：一聲令牌響，風來；二聲響，雲起；三聲響，雷閃齊鳴；四聲響，雨至；五聲響，雲散雨收。”行者笑道：“妙啊！我和尚是不曾見過！請了！請了！”

大仙拽開步進前，三藏等隨後，徑直到了壇門外。抬頭觀看，那裡有一座高臺，約有三丈多高。臺後面有許多道士，在那裡寫作文書。正中間設一架紙爐，又有幾個像生的人物，都是那執符使者，土地贊教之神。那大仙走進去，直上高臺立定。旁邊有個小道士，捧了幾張黃紙寫好的符字，一口寶劍，遞給大仙。大仙拿着寶劍，唸聲咒語，將一道符在燭上燒了。那底下兩三個道士，拿過一個執符的像生，一道文書，亦點火焚之。那上面乒的一聲令牌響，只見那半空裡，悠悠的風色飄來。豬八戒口裡唸道：“不好了！這道士果然有本事！令牌響了一下，果然就颳風！”行者道：“兄弟悄悄的，你們再莫與我說話，只管護持師父，等我幹事去。”

好大聖，拔下一根毫毛，吹口仙氣，叫“變！”就變作一個“假行者”，立在唐僧手下。他的真身，出了元神，趕到半空中。高叫：“那司風的是哪個？”慌得那風婆婆捻住布袋，巽二郎扎住口繩，上前施禮。行者道：“我保護唐朝聖僧西天取經，路過車遲國，與那妖道賭勝祈雨，你怎麼不助老孫，反助那道士？把風收了。若有一些風兒，把邪道士的鬍子吹得動動，各打二十鐵棒！”風婆婆道：“不敢！不敢！”於是就沒了風氣。八戒忍不住，亂嚷道：“那先生請退！令牌已響，怎麼不見一些風兒？你下來，讓我們上去！”那道士又執令牌，燒了符檄，撲的又打了一下，只見那空中雲霧遮滿。孫大聖又當頭叫道：“佈雲的是哪個？”慌得那推雲童子、佈霧郎君當面施禮。行者又將前事說了一遍。那雲童、霧子也收了雲霧，放出太陽星照耀，八戒笑道：“這道士只好哄這皇帝，全沒些真實本事！令牌響了兩個，如何又不見雲生？”

那道士心中焦躁，仗寶劍，解散了頭髮，唸着咒，燒了符，再一令牌打將下去，只見那南天門裡，鄧天君領著雷公、電母到當空，迎着行者進禮。行者又將前項事說了一遍。果然雷也不鳴，電也不閃。那道士愈加忙

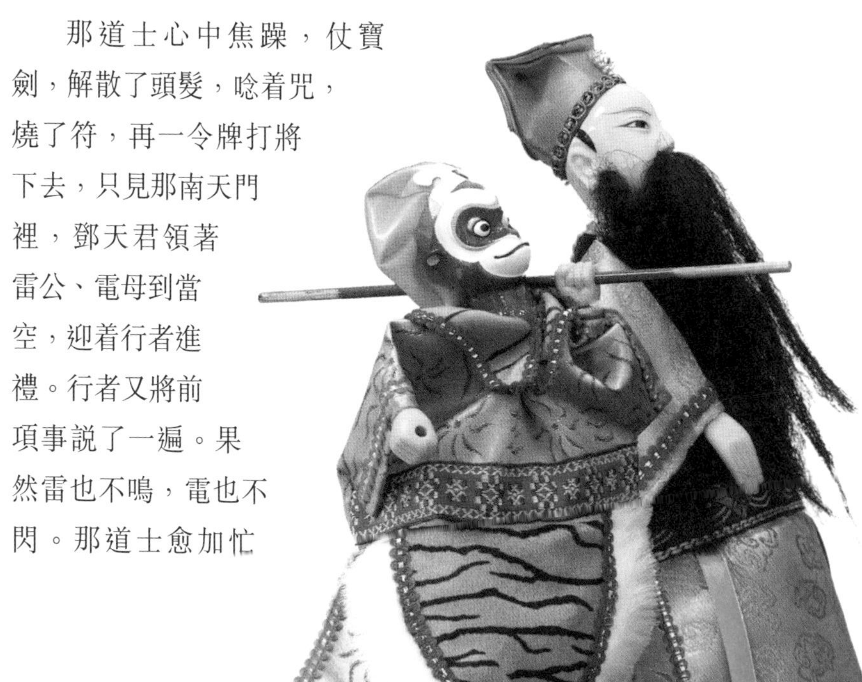

亂，又添香、燒符、
唸咒、打下令牌。半空中，又有四海龍
王，一齊擁至。行者又將前項事說了一遍。
道：“先前有勞，未曾成功；今日之事，望能助
力。”龍王道：“遵命！遵命！”行者道：“如今各位
且助我一功。那道士四聲令牌已完，輪到老孫上去幹事
了。——但我不會發符、燒檄、打甚麼令牌，你列位卻
要助我幹事。”

四海龍王道：“大聖吩咐，誰敢不從！但只是得一
個號令，才敢依令而行。”行者道：“我以棍子為號
罷。”那雷公大驚道：“爺爺呀！我們怎吃得這棍
子？”行者道：“不是打你們，只是看我這棍子：往上
一指，就要颳風。”那風婆婆、巽二郎沒口的答應道：
“就放風！”——“棍子第二指，就要佈雲。”那推雲童子、佈霧郎君答道：“就佈雲！就佈雲！”——“棍子第三指，就要雷鳴電閃。”那雷公、電母道：“奉承！奉承！”——“棍子第四指，就要下雨。”那龍王道：“遵命！遵命！”——“棍子第五指，就要日出天晴，切莫違誤。”

吩咐已完畢，於是按下雲頭，把毫毛一抖，收上身來。那些人肉眼凡胎，哪裡曉得？行者於是在旁邊高叫道：“先生請了。四聲令牌全已響完，更沒有風雲雷雨，該讓我了。”那道士無奈，只得下了臺讓他。行者急抽身到壇所，扯着唐僧：“師父請上臺。”唐僧道：“徒弟，我卻不會祈雨。”行者道：“你不會求雨，好的是會唸經。等我助你。”那長老才舉步登壇，到上面，端端正正地坐下，默唸那《密多心經》。

正坐着，忽見一官員，飛馬來問：“那和尚，怎麼不打令牌，不燒符檄？”行者高聲答道：“不用！不用！我們是靜功祈禱。”

行者聽得老師父經文唸盡，就去耳朵內取出鐵棒，迎風晃了一晃，就有丈二長短，碗來粗細，將棍望空一指。那風婆婆見了，急忙扯開皮袋，巽二郎解開口繩。只聽得呼呼風響，滿城中揭瓦翻磚，揚沙走石。正是那狂風大作，孫行者又顯神通，把金箍棒鑽一鑽，望空又一指。只見昏霧朦朧，濃雲靉靆。孫行者又把金箍棒鑽一鑽，望空又一指。立刻電閃雷鳴，乒乒乓乓，好似山崩地裂，唬得那滿城人，戶戶焚香，家家化紙。孫行者高呼："老鄧！仔細替我查看那貪贓壞法之官，忤逆不孝之子，多打死幾個示眾！"那雷越發震響起來。行者卻又把鐵棒望上一指。只見樓頭聲滴滴，窗外響瀟瀟。天上銀河瀉，街前白浪滔。

這場雨，自辰時下起，只下到午時前後。下得那車遲城，裡裡外外，水漫了街衢。那國王傳旨道："雨夠了！雨夠了！再多，又淹壞了禾苗，反而不美。"行者聞言，將金箍棒往上又一指。只見霎時間，雷收風息，雨散雲收。國王滿心歡喜，文武官員全都稱讚道："好和尚！這正是'強中更有強中手'！就是我國師求雨雖靈，若要晴，細雨兒還要下半日，才清爽；怎麼這和尚要晴就晴，頃刻間杲杲日出，萬里就無雲了呢？"

國王叫起駕回宮，倒換關文，打發唐僧過去。正用御寶時，又被那三個道士上前阻住道："陛下，這場雨全非和尚之功，還是我道門之力。"國王道："他走上去，以靜功祈禱，雨就下來了，怎麼又與他爭功？"虎力大仙道："我上壇發了文書，燒了符檄，擊了令牌，那龍王誰敢不來？想必是別方召請，風、雲、雷、雨五

司都不在，
一聽我令，隨後趕
來；正遇着我下他上，
一時撞着這個機會，所以就求來了雨。從根本上算來，還是我請的龍，下的雨，怎麼算作他的功果？”那國王昏亂，聽此言，卻又疑惑未定。

行者近前一步，合掌奏道：“陛下，如今有四海龍王，現在空中，我和尚未曾發放，他還不敢即刻離開。那國師若能叫得龍王現身，就算他的功勞。”國王大喜道：“寡人做了二十三年皇帝，還不曾看見活龍是甚麼模樣。你兩家各顯法力，不論僧道，只要叫得來的，就是有功；叫不出的，有罪。”那道士怎麼有那樣本事？就叫，那龍王見大聖在此，也不敢出頭。道士云：“我輩不能，你這就叫來。”

那大聖仰面朝空，厲聲高叫：“敖廣何在？弟兄們都現原身來看！”那龍王聽喚，即忙現了本身。四條龍，在半空中度霧穿雲，飛舞向金鑾殿上。那國王在殿上焚香，眾公卿在階前禮拜。國王道："有勞貴體降臨，請回。寡人改日祭神酬謝。"行者道："列位眾神各自歸去，這國王改日祭神酬謝。"那龍王各自歸海，眾神各各回天。

第三回

外道弄強欺正法
心猿顯聖滅諸邪

那國王見孫行者有呼龍使聖之法，即將關文蓋了寶印，便要遞與唐僧，放行西路。那三個道士，慌得拜倒在金鑾殿上啟奏："陛下，我等至此，匡扶社稷，保國安民，苦歷二十年來，今日這和尚弄法力，敗了我們聲名，陛下以一場之雨，就恕殺人之罪，可不輕看了我等？讓我兄弟與他再賭一賭，您看何如。"那國王着實昏亂，收了關文，道："國師，你怎麼與他賭？"虎力大仙道："我與他賭坐禪。"國王道："國師錯了。那和尚乃是禪教出身，必然先會禪機，才敢奉旨求經；你怎麼與他賭此？"大仙道："我這坐禪，與尋常不同，叫做'雲梯顯聖'。要一百張桌子，五十張作一禪臺，一張一張疊將起來，不許用手攀而上，亦不用梯凳而登，各駕一朵雲頭，上臺坐下，約定幾個時辰不動。"

國王見此有些難處，便傳旨問道："那和尚，我國師要與你賭'雲梯顯聖'坐禪那個會麼？"行者聞言，沉吟不答。八戒道："哥哥，怎麼不說話？"行者道："兄弟，實不瞞你說。我哪裡有這坐性？你就把我鎖在鐵柱子上，我也要上下爬踏，莫想坐得住。"三藏忽的開言道："我會坐禪。"行者歡喜道："那好！那好！可坐得多少時？"三藏道："我定性存神，可坐二三個年頭。”行者道：“師父若坐二三年，我們就不取經罷；多也不上二三個時辰，就下來了。”三藏道：“徒弟呀，卻是不能上去。”行者道：“你上前答應，我送你上去。”那長老果然當胸合掌道：“貧僧會坐禪。”國王教傳旨，立禪臺。不消半個時辰，就設起兩座臺，在金鑾殿左右。

那虎力大仙下殿，立於階心，將身一縱，踏一朵席雲，徑上西邊臺上坐下。行者拔一根毫毛，變做假像，立於下面，他卻作五色祥雲，把唐僧撮起升入空中，徑至東邊臺上坐下。他又斂祥光，變作一個蟭蟟蟲，飛在八戒耳朵邊道：“兄弟，仔細看着師父，再莫與老孫替身說話。”那獃子笑道：“理會得！理會得！”

卻說那鹿力大仙在繡墩上坐看多時，他兩個在高臺上，不分勝負，這道士就助他師兄一功：將腦後短髮，拔了一根，捻作一團，彈將上去，徑至唐僧頭上，變作一個大臭蟲，咬住長老。那長老一時間疼痛難忍，他縮着頭，就着衣襟擦癢。八戒道：“不好了！師父羊兒風發了。”行者聽見道：“我師父乃志誠君子，他說會坐禪，斷然會坐；你休言，等我上去看看。”好行者，嚶的一聲，飛在唐僧頭上，只見有豆粒大小一個臭蟲叮他師父。慌忙用手捻下，替師父撓撓摸摸。那長老不疼不癢，端坐上面。行者暗想道：“和尚頭光，蝨子也安不得一個，如何有此臭蟲？……想是那道士弄的玄虛，害我師父。——哈哈！等老孫去弄他一弄！”這行者飛將上去，搖身一變，變作一條七寸長的蜈蚣，直接到道士鼻凹裡叮了一下。那道士坐不穩，一個觔斗，翻將下去，幾乎喪了性命；虧大小官員人多救起。行者仍駕祥雲，將師父馱下階前，已是長老得勝。

那國王只教放行。虎力大仙道：“陛下，棋逢對手，將遇良材。貧道將鍾南山幼時學的武藝，索性再與他賭一賭。”國王道：“有甚麼武藝？”虎力道：“弟兄三個，都有些神通。會砍下頭來，又能安上；剖腹剜心，還能再長好；滾油鍋裡，又能洗澡。”國王大驚道：“此三事都是尋死之路！”虎力道：“我等有此法力，才敢出此狂言，定要與他賭個高下。”那國王叫道：“東土的和尚，我國師不肯放過你，還要與你賭砍頭剖腹，下滾油鍋洗澡哩。”

行者正變作蟭蟟蟲，往來報事。忽聽此言，即收了毫毛，現出本相，哈哈大笑道：“造化！造化！買賣上門了！”上前道：“陛下，小和尚會砍頭。”國王道：“你怎麼會砍頭？”行者道：“我當年在寺裡修行，曾遇着一個域外參禪的和尚，教我一個砍頭法，不知好不好，如今且試試新。”國王笑道：“那和尚年幼不知事。頭乃是六陽之首，砍下即便死矣。”虎力道：“陛下，正要他如此，方才出得我們之氣。”那昏君即傳旨，教設殺場。

一聲傳旨，即有羽林軍三千，擺列朝門之外。國王叫：“和尚先去砍頭。”行者欣然應道：“我先去！我先去！”拱着手，高呼道：“國師，恕大膽，佔先了。”拽回頭，往外就走。唐僧一把扯住道：“徒弟呀，仔細些。那裡不是玩耍處。”行者道：“怕他怎的！撒了手，讓我去。”

那大聖徑至殺場裡面，被劊子手撾住了，捆做一團，按在那土墩高處，只聽喊一聲"開刀！"颼的把個頭砍將下來。又被劊子手一腳踢了去，好似滾西瓜一般，滾有三四十步遠近。行者腔子中卻不出血。只聽得肚裡叫聲："頭來！"慌得鹿力大仙見有這般手段，即唸咒語，叫本坊土地神祇："將人頭扯住，待我贏了和尚，奏了國王，給你把小祠堂蓋作大廟宇，泥塑像改作純金身。"那些土地神服他使喚，暗中把行者頭按住了。行者又叫聲："頭來！"那頭像生根一般，莫想動得。行者心焦，捻着拳，掙了一掙，將捆的繩子就全掙斷，喝聲："長！"颼的腔子內長出一個頭來。唬得那劊子手，羽林軍，人人膽戰。那監斬官急走入朝奏道："萬歲，那小和尚砍了頭，又長出一顆來了。"八戒冷笑道："沙僧，哪知哥哥還有這般手段。他有七十二般變化，就有七十二個頭哩。"

話未說完，行者走來，叫聲"師父。"三藏大喜道："徒弟，辛苦麼？"行者道："不辛苦，倒很好玩。"兄弟們正都歡喜，又聽得國王叫領關文："赦你無罪。快去！快去！"行者道："關文雖領，必須國師也赴曹砍砍頭，也當試試新。"國王道："大國師，那和尚也不肯放過你哩。"虎力也只得去，被幾個劊子手，也捆翻在地，晃一晃，把頭砍下，一腳也踢將去，滾了有三十餘步，他腔子裡也不出血，也叫一聲："頭來！"行者即忙拔下一根毫毛，吹口仙氣"變！"變作一條黃犬，跑入場中，把那道士頭，一口銜來，徑直跑到御水河邊丟下河。那道士連叫三聲，人頭長不出來，腔子中，骨都都紅光迸出。可憐空有喚雨呼風法，怎比長生果正仙？一會兒，倒在塵埃。眾人觀看，乃是一隻無頭的黃毛虎。

鹿力起身道："我師兄已是命倒祿絕了，如何是隻黃虎！這都是那和尚使的掩樣法兒，將我師兄變作畜類！我今天定不饒他，定要與他賭那剖腹剜心！"國王聽說，方才定性回神。又叫："小和尚，二國師還要與你賭哩。"行者道："小和尚前日從西來，忽遇齋公家勸飯，多吃了幾個饃饃；這幾日腹中作痛，想是生蟲，正想借陛下之刀，剖開肚皮，拿出臟腑，洗淨脾胃，才好上西天見佛。"國王聽說，叫："抓他赴曹。"那許多人攙的攙，扯的扯。行者掙脱手道："不用人攙，自家走去。——但只一件事，不許縛手，我好用手洗刷臟腑。"國王傳旨，叫："莫綁他手。"

行者搖搖擺擺，徑至殺場。身靠大樁，解開衣帶，露出肚腹。那劊子手將一條繩套在他膊項上，一條繩紮住他腿足，把一口牛耳短刀，晃一晃，朝肚皮下一割，搠個窟窿。這行者雙手爬開肚腹，拿出腸臟來，一條條清理多時，依然安在裡面。捻着肚皮，吹口仙氣，叫"長！"依然長合。國王大驚，將他那關文捧在手中道："聖僧莫誤西行，給你關文去罷。"行者笑道："關文事小，也請二國師剖剖剜剜，怎麼樣？"國王對鹿力說："是你要與他做對頭的。請去，請去。"鹿力道："放心，料我決不輸給他。"

你看他也像孫大聖，搖搖擺擺，徑入殺場，被劊子手套上繩，將牛耳短刀，呼喇的一聲，割開肚腹，他也拿出肝腸，用手理弄。行者則拔一根毫毛，吹口仙氣，叫"變！"即變作一隻餓鷹，展開翅爪，把他五臟心肝，盡情抓去，不知飛向何方受用。這道士弄做一個空腔破肚淋漓鬼，那劊子手蹬倒大樁，拖屍來看，呀！原

來是一隻白毛角鹿！

那羊力大仙又奏道：“我師兄既死，怎麼會現獸形？這都是那和尚弄術法坐害我等。等我為師兄報仇。”國王道：“你有甚麼法力贏他？”羊力道：“我與他賭下滾油鍋洗澡。”國王便教取一口大鍋，滿着香油，教他兩個賭去。行者道：“承蒙照顧。小和尚一向不曾洗澡，這兩日皮膚燥癢，好歹洗洗去。”

那擋駕官果然安下油鍋，架起乾柴烈火，將油燒滾，教和尚先下去。行者又上前道：“恕大膽，屢次佔先了。”你看他脫了布直裰，褪了虎皮裙，將身一縱，跳在鍋內，翻波鬥浪，就像游水一樣玩耍。八戒見了，咬着指頭，對沙僧道：“我們也錯看了這猴子了！平日裡說些刻薄諷刺的玩笑話，闖他耍子，怎知他有這般真實本事！”他兩個唧唧噥噥，誇獎不盡。行者望見，心疑道：“那獃子笑我哩！正是‘巧者多勞拙者閑’。老孫這般舞弄，他倒自在。等我成全他，捆他一繩，看他怕不怕。”正洗浴，打個水花，淬在油鍋底上，變作個棗核釘兒，再也不起來了。那監斬官近前又奏：“萬歲，小和尚被滾油烹死了。”國王大喜，教撈上骨骸來看。劊子手將一把鐵笊籬，在油鍋裡撈，原來那笊籬眼稀，行者變得釘小，往往來來，從眼孔漏下去了，那裡撈得著！又奏道：“和尚身微骨嫩，都炸化了。”

國王叫：“拉三個和尚下去！”兩邊校尉，見八戒面兇，先揪翻，拉在鍋邊。那獃子氣呼呼的道：“闖禍的潑猴子，無知的弼馬溫！該死的潑猴子，油烹的弼馬溫！”孫行者在油鍋底上，聽得那獃子亂罵，忍不住現了本相。赤淋淋的，站在油鍋底道：“你罵哪個哩！”唐僧見了道：“徒弟，唬殺我也！”慌得那兩班文武，上前來奏道：“萬歲，那和尚不曾死，又在油鍋裡鑽出來了。”監斬官恐怕欺騙朝廷，又奏道：“死是死了，只是日期犯凶，小和尚來顯魂哩。”

行者聞言大怒，跳出鍋來，揩了油膩，穿上衣服，抽出棒，撾過監斬官，當頭一下，打做了肉團，道：“我顯甚麼魂哩！”唬得多官連忙放了八戒，跪地哀告：“恕罪！恕罪！”國王走下龍座。行者上殿扯住道：“陛下不要走，且教你三國師也下油鍋去。”那皇帝戰戰兢兢道：“三國師，你救朕之命，快下鍋去，莫讓和尚打我。”羊力下殿，照依行者脫了衣服，跳下油鍋，也那般應付着洗浴。

行者放了國王，靠近油鍋邊，一邊叫燒火的添柴，一邊伸手探了一把，——呀！——那滾油都冰冷，心中暗想道：“我洗時滾熱，他洗時卻冷。我曉得了，這不知是哪個龍王，在此護持他哩。”急縱身跳在空中，唸聲咒語，把那北海龍王喚來：“你這個有鱗的泥鰍！怎麼助道士冷龍護住鍋底，教他顯聖贏我！”唬得那龍王喏喏連聲道：“敖順不敢相助。大聖原來不知。這個孽畜，苦修行了一場，卻只是五雷法真受，其餘都躧了傍門，難歸仙道。這個是他在小茅山學來的‘大開剝’，是他自己煉的冷龍，只能哄瞞世俗之人玩兒，怎瞞得大聖！小龍如今收了他冷龍，管教他骨碎皮焦。”行者道：“趁早收了，免打！”那龍王化一陣狂風，到油鍋邊，將冷龍捉下海去。

行者下來，與三藏、八戒、沙僧立在殿前，見那道士在滾油鍋裡掙扎，爬不出來。滑了一跤，霎時間骨脫皮焦肉爛。監斬官又來奏道：“萬歲，三國師煠化了也。”那國王滿眼垂淚，手撲着御案，放聲大哭。行者上前高呼道：“你怎麼這等昏亂！看見那道士放着的屍骸，一個是虎，一個是鹿，那羊力是一個羚羊。若不信，撈上骨頭來看。哪裡人有那樣骷髏？他本是成精的山獸，一起到此害你。因見氣數還旺，不敢下手。若再過二年，你氣數衰敗，他就害了你性命，把你江山一股兒都奪走，全是他們的了。幸我等早得來，除妖邪救了你命。你還哭甚！哭甚！急打發關文，送我出去。”國王聞此，方才省悟，感激不盡，設宴酬謝，親送唐僧師徒出城去。

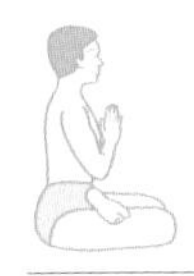

小專題

坐禪和瑜伽 故事中講到虎力大仙為雪“求雨”之恥，提出要與悟空比坐禪。悟空聞言，只能“沉吟不答”，唐僧只得親自出馬，才闖過這一關。坐禪究竟是何種法術，能為難七十二般變化、一個觔斗雲十萬八千里的齊天大聖？

坐禪又稱打坐，是以靜坐的方式來使心念安定。其方法通常是穿著一身舒適衣服，找一清靜處，兩腿盤膝，左手置右手掌上，貼於小腹之前，頓置小腿上，正身端坐。坐禪時，頭頸不偏不斜，不低不昂，舌抵上腭，輕閉或微開眼，使身體舒適、心不亂想、呼吸柔細。據説這種坐姿最安穩、不易疲勞，可保持較長時間。便於由定入慧，開發智慧，得到頓悟。

凡坐禪就要較長時間地靜心端坐。孫悟空這位猴王，生性好動，永遠也別想坐得住，試想想，叫他怎樣能跟人家比賽坐禪呢？

印度的宗教修行者一直以來就喜歡以坐禪方式修行，早在佛教創始之前印度已有，佛教只是沿襲它。傳説佛祖釋迦牟尼曾以種種方法（禁欲、苦行等）來獲得真理，都沒有成功，最後還是在菩提樹下靜坐冥想四十九天（一説七天七夜），抬頭仰望閃爍

的星空而悟道，才解脱生死的煩惱。後來他就入世宣揚佛法，教人以這種方式修行。隨着佛教東傳，坐禪也傳入中國。唐僧是極具慧根的佛門弟子，“定性存神”，難怪他能出馬接招，鬥敗道士了。

中國不同的佛教宗派，都有坐禪修行。傳説禪宗始祖菩提達摩在嵩山少林寺面壁默坐冥思長達九年，小鳥都在他的肩上築了巢呢！達摩曾否坐了那麼久？現在已是無從稽考了，但當時流行坐禪修行，倒是真實無訛的。

坐禪與今天許多人當作健身運動的瑜伽有相通的地方，但瑜伽不但有冥想修煉，還包括身體鍛煉，二者密不可分。佛教也是印度產生的，所以有許多修煉方法與瑜伽是同源的。難怪坐禪的姿勢頗似現代的一些健身瑜伽了！

今天佛教仍有坐禪修行方式。

坐禪

趣味重溫

巧戰妖道

一，你明白嗎

1. 和尚一般在寺廟唸經吃素，偶爾也雲遊化齋。車遲國的和尚為何成群結隊地去拉木頭磚瓦土坯？
   a. 當地五穀豐登，找不到雜工修廟，只得自己動手。
   b. 自願苦其身心，可增加功德，早日得道。
   c. 開罪皇帝，被罰做道士的雜役，被逼勞動。

2. 孫悟空為何要夜探三清觀？
   a. 肚餓睡不着，想去偷吃些供養。
   b. 想去偷學道士作法。
   c. 睡不着，就想作弄一下道士。

3. 車遲國國王為何幾次三番令部下捉拿唐僧等人?
   a. 國王是道士出身，與和尚勢不兩立。
   b. 國王昏庸，僅因二十年前求雨一事，就一直敬道滅佛。
   c. 兩個小道士被打死，國君懷疑唐僧等人是兇手。

二，想深一層

1. 行者笑道：“算了，你暫且來受用；還不知道是否可得個乾淨身子出門哩。”這句話暗含甚麼意思？
   a. 行者希望八戒吃完東西後，去除腌臢臭氣出門。
   b. 受用了供品，可能會惹來麻煩。
   c. 行者要求八戒坐下來放開肚皮吃，出門時就不要再偷東西了。

2. 故事中，（1）國王首次與國師見面，國王是慌得收了關文，急下龍座，躬身迎接。國師搖搖擺擺，往裡直進，對國王也不行禮。
   （2）求雨後，國王批評虎力大仙爭功，將蓋印的關文遞給唐僧，三位國師慌得拜倒在金鑾殿上啟奏。

（3）虎力大仙要與和尚比坐禪，國王竟然敢說國師錯了。

（4）鹿力與悟空比試，國王居然說"是你要與他做對頭的。請去，請去。"

根據以上描述，分析國王對待三位國師的態度，三位國師對待國王的態度，分別發生了怎樣的變化？為甚麼會發生這樣的變化？

3. 語言的準確、生動、形象，離不開修辭手法的運用，下列句子使用了不同的修辭手法，請在題後括弧內填寫出來。

（1）三清殿上有許多供養：饅頭足有斗大，燒果五六十斤一個，襯飯無數，果品新鮮。（　）

（2）只見樓頭聲滴滴，窗外響瀟瀟。天上銀河瀉，街前白浪滔。（　）

（3）行者暗想道："和尚頭光，蝨子也安不得一個，如何有此臭蟲？……"（　）

a. 設問　b. 對偶　c. 誇張

4. 成語形式簡潔而意思精闢，正確運用會給文章增色不少。試根據釋義在橫線上寫出故事用過的成語。

（1）＿＿＿＿＿＿＿＿ 用手指點一下石頭，就可使其變成金子。比喻修改文章時，稍稍改動原來的文字，就使文章變得很出色。

（2）＿＿＿＿＿＿＿＿ 一個巴掌拍不響。比喻力量薄弱，無人相助，難以成事。

（3）＿＿＿＿＿＿＿＿ 形容非常害怕而小心謹慎。

（4）＿＿＿＿＿＿＿＿ 山嶽崩塌，大地裂陷。也用以形容聲響巨大。

（5）＿＿＿＿＿＿＿＿ 指仇人或不願見面的人偏偏相逢，躲避不開。

5. 品味下列故事片段，試根據孫悟空的語言、動作描寫，以連線配對相應的性格特徵。

獃子拿過燒果來，張口就啃。行者罵道“莫要小家子氣。且行禮坐下受用。”八戒道：“不羞！偷東西吃，還要行禮！若是被請來，不知道要怎樣呢！”行者道：“這上面坐的是甚麼菩薩？”八戒笑道：“三清也認不得，卻認做甚麼菩薩！”行者道：“哪三清？”八戒道：“中間的是元始天尊，左邊的是靈寶道君，右邊的是太上老君。”行者道：“都要變得這般模樣，才吃得安穩哩。”

國王見此有些難處，便傳旨問道：“那和尚，我國師要與你賭‘雲梯顯聖’坐禪，那個會麼？”行者聞言，沉吟不答。八戒道：“哥哥，怎麼不說話？”行者道：“兄弟，實不瞞你說。我哪裡有這坐性？你就把我鎖在鐵柱子上，我也要上下爬踏，莫想坐得住。”

他兩個唧唧噥噥，誇獎不盡。行者望見，心疑道：“那獃子笑我哩！正是‘巧者多勞拙者閑’。老孫這般舞弄，他倒自在。等我成全他，捆他一繩，看他怕不怕。”正洗浴，打個水花，淬在油鍋底上，變作個棗核釘兒，再也不起來了。

實事求是

小心眼

巧於心計

三，延伸思考

眼見三位國師先後命赴黃泉，屍為山獸。那國王“滿眼垂淚，手撲着御案，放聲大哭。”你怎樣看國王的這種種表現和國王這個人？

三借芭蕉扇

第一回

三藏路阻火燄山
行者一借芭蕉扇

話說師徒四人，繼續西行，漸覺熱氣蒸人。三藏勒馬道："如今正是秋天，卻怎麼反而有熱氣？"只見那路旁有座莊院，乃是紅瓦蓋的房舍，紅磚砌的垣牆，一片都是紅的。三藏下馬道："悟空，你去那家人家問個消息，看看為何如此炎熱。"大聖收了金箍棒，整理衣裳，扭捏作個斯文的樣子，抄下大路，徑至門前觀看。那門裡忽然走出個老者，猛抬頭，看見行者，吃了一驚，拄着竹杖，喝道："你是哪裡來的怪人？在我這門前幹甚麼？"行者答禮道："老施主，我是東土大唐欽差上西方求經者。師徒四人，剛至寶地，見天氣蒸熱，不知何故，特來拜問，望能指教一二。"那老者這才放心，笑着說："長老勿罪。我老漢一時眼花，不識尊顏。令師在哪條路上？"行者道："那南首大路上站的不是！"老者叫："快請過來，快請過來。"行者歡喜，把手一招，三藏即同八戒、沙僧，牽白馬，挑行李走近前，都對老者行禮。

老者見三藏丰姿標致，八戒、沙僧相貌奇稀，又驚又喜；只得請入裡面坐，三藏聞言，起身稱謝道："敢問公公，貴處遇秋，為何反而炎熱？"老者道："敝地喚做火燄山。無春無秋，四季皆熱。"三藏道："火燄山在哪邊？可阻西去之路？”老者道：“那山離此有六十里遠，正是西方必經之路，有八百里火燄，四周圍寸草不生。若過得山，就是銅腦蓋，鐵身軀，也要化成汁哩。”三藏聞言，大驚失色。

只見門外一個少年男子；推一輛紅車兒，叫聲“賣糕！”大聖拔根毫毛，變個銅錢，向那人買糕。那人接了錢，揭開車兒上衣裡，熱氣騰騰，拿出一塊糕遞與行者。行者托在手中，好似火裡燒的灼炭，只道：“熱，熱，熱！難吃，難吃！”那男子笑道：“怕熱，莫來這裡。這裡就是這般熱。”行者道：“常言道：‘不冷不熱，五穀不結。’這裡如此炎熱，你這糕粉，從何而來？”那人道：“鐵扇仙有柄芭蕉扇。求得來，一搧熄火，二搧生風，三搧下雨，我們就佈種，及時收割，故得五穀養生；不然，確實是寸草不能生。”

行者聞言，急抽身走入裡面，將糕遞與三藏道：“師父放心，吃了糕，我跟你說。”長老接糕在手，向本宅老者道：“公公請吃糕。”老者道：“我家的茶飯未奉，敢吃你糕？”行者笑道：“老人家，茶飯倒不必賜，我問你：鐵扇仙在哪裡住？”老者道：“你問他怎的？”行者道：“剛才那賣糕人說，此仙有把‘芭蕉扇’，我想尋他討來搧熄火燄山過去。”老者道：“你們無禮物，恐那聖賢不肯來也。”三藏道：“他要甚麼禮物？”老者道：“我這裡人家，十年拜求一度。四豬四羊，異香時果，雞鵝美酒，沐浴虔誠，拜到那仙山，請他出洞，至此施為。”行者道：“那山坐落何處？叫甚麼名字？等我問他要扇去。”老者道：“那山在西南方，名喚翠雲山。山中有一芭蕉洞。總計有一千四百里。”行者笑道：“不打緊，我就去就來。”那老者道：“且慢，吃些茶飯，那路上沒有人家，又多狼虎，非一日可到。”行者笑道：“不用，不用！我去也！”說一聲，忽然不見。那老者慌張道：“爺爺呀！原來是騰雲駕霧的神人也！”

那行者霎時徑到翠雲山，按住祥光，正自找尋洞口，只聽得丁丁之聲，乃是山林內一個樵夫伐木。行者走近前行禮，問道：“敢問樵哥，這可是翠雲山？”樵子道：“正是。”行者道：“有個鐵扇仙的芭蕉洞，在何處？”樵子笑道：“這芭蕉洞雖有，卻無個鐵扇仙，只有個鐵扇公主，又名羅刹女。”行者道：“人說他有一柄芭蕉扇，能熄得火燄山，敢問是她麼？”樵子道：“正是，正是。這聖賢有這件寶貝，能熄火，保護那方人家，故此稱為鐵扇仙，乃是大力牛魔王妻也。”

行者聞言，大驚失色。心中暗想道：“又是冤家了！……當年收伏了紅孩兒，說是這廝養的。今又遇他父母，怎麼能借得這扇子耶？……”於是別了樵夫，徑至芭蕉洞口。但見那兩扇大門緊閉，洞外風光秀麗。行者上前叫：“牛大哥，開門！開門！”呀的一聲，洞門開了，裡邊走出一個仙女，手中提着花籃，肩上擔着鋤子，行者上前迎着合掌道：“女童，麻煩你轉報公主一聲。我本是取經的和尚，在西方路上，難過火燄山，特來拜借芭蕉扇一用。”那仙女道：“你是哪個寺裡的和尚？叫甚麼名字？我好給你通報。”行者道：“我是東土來的，叫做孫悟空和尚。”

那毛女即刻便回身，轉回洞內，對羅刹跪下道：“奶奶，洞門外有個東土來的孫悟空和尚，要來拜求芭蕉扇，過火燄山一用。”那羅刹聽見“孫悟空”三字，便似火上澆油，怒發心頭。口中罵道：“這潑猴！今日來了！”隨即取了披掛，拿兩口青鋒寶劍，披掛齊整出來。高叫道：“孫悟空在哪裡？”行者上前，躬身施禮道：“嫂嫂，老孫在此奉揖。”羅刹咄的一聲道：“誰是你的嫂嫂！那個要你奉揖！”行者道：“尊府牛魔王，當初曾與老孫結義，乃兄弟之親。公主是牛大哥正室夫人，怎麼能不以嫂嫂稱呼！”羅刹道：“你這潑猴，既有兄弟之親，如何坑害我子紅孩兒？”行者滿臉陪笑道：“嫂嫂錯怪了老孫。令郎捉了我師父，要蒸要煮，幸虧觀音菩薩收他去，他如今在菩薩處做善財童子，實受了菩薩正果，與天地同壽，日月同庚。你倒不謝老孫保命之恩，反怪老孫，是何道理！”

羅刹道：“你這個巧嘴的潑猴！我那兒雖不傷命，再怎麼能到我的跟前，幾時能見一面？”行者笑道：“嫂嫂要見令郎，有何難處？你且把扇子借我，搧熄了火，送我師父過去，我就到南海菩薩處請他來見你，有何不可！那時節，你看他如有些須之傷，也怪得有理。”羅刹道：“魔猴！少耍饒舌！伸過頭來，等我砍上幾劍！若受得疼痛，就借扇子給你；若忍耐不得，教你早見閻君！”行者叉手向前，笑道：“老孫伸着光頭，任憑你砍上多少，直到沒氣力為止。是必借扇子用用。”那羅刹不容分說，雙手掄劍，照行者頭上乒乒乓乓，砍有十數下，這行者全不認真。羅刹害怕，回頭要

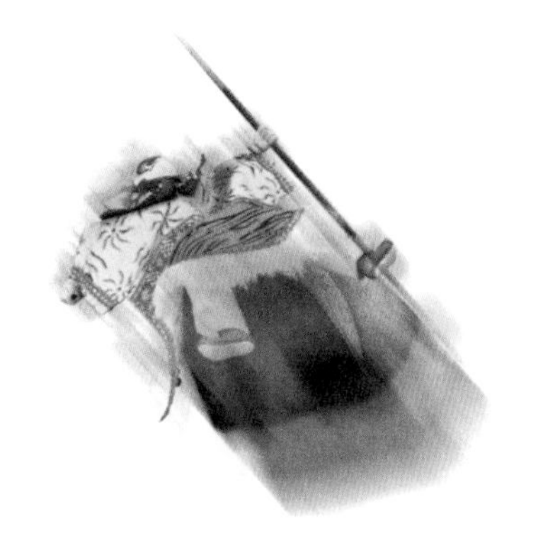

走。行者道：“嫂嫂，哪裡去？快借扇我使使！”那羅剎道：“我的寶貝原本不輕借。”行者道：“既不肯借，吃你老叔一棒！”

好猴王，一隻手扯住，一隻手去耳內拿出棒來，那羅剎掙脫手，舉劍來迎。行者隨又掄棒便打。那羅剎女與行者相持到晚上，見行者棒重，解數又周密，料鬥他不過，於是便取出芭蕉扇，晃一晃，一扇陰風，把行者搧得無影無形，飄飄盪盪，左沉不能落地，右墜不能存身。就如旋風翻敗葉，滾了一夜，直至天明，方才落在一座山上，雙手抱住一塊峰石。定性良久，仔細觀看，卻才認得是小須彌山。大聖長歎一聲道：“好利害婦人！怎麼就把老孫送到這裡來了？等我下去問靈吉菩薩一個消息，好回舊路。”

正躊躇間，又聽得鐘聲響亮，急下山坡，徑至禪院。那門前道人認得行者的相貌，即入裡面稟報，菩薩知是悟空，連忙下寶座相迎，入內施禮道：“恭喜！取經來耶！”悟空答道：“反是未到！早哩，早哩！”靈吉道：“既未曾到得雷音，為何回來光顧荒山？”行者道：“今到火燄山，不能前進，詢問土人，說有個鐵扇仙，芭蕉扇搧得火滅，老孫特去尋訪。原來那仙是牛魔王的妻，紅孩兒的母。他說我讓他兒子做了觀音菩薩的童子，不能常見，恨我為仇，不肯借扇，與我爭鬥。他見我的棒重難撐，就將扇子把我一搧，搧得我悠悠盪盪，直到這裡，方才落住。此處到火燄山，不知有多少里數？”靈吉笑道：“那婦人的芭蕉扇本是崑崙山後，自混沌開闢以來，天地產成的一個靈寶，能滅火氣。假若搧着人，要飄八萬四千里，才息陰風。我這山到火燄山，只有五萬餘里。大聖有留雲之能，故止住了。”

行者道：“利害！利害！我師父怎樣才能過得那山？”靈吉道：“我當年受如來教旨，賜我一粒‘定風丹’，如今送了大聖，管教那廝搧不動你，你要了扇子，搧熄火，就不立下此功也！”行者低頭行禮，感謝不盡。

那菩薩即於衣袖中取出一粒定風丹給行者安在衣領裡邊，將針線緊緊縫了。送行者出門道：“往西北去，就是羅刹的山場也。”

行者辭了靈吉、駕觔斗雲，徑返翠雲山，頃刻而至。使鐵棒打着洞門叫道：“開門！開門！老孫來借扇子使使哩！”慌得那門裡女童急忙入報，羅刹聞言，心中害怕道：“這潑猴真有本事！他怎麼才吹去就回來也？這次等我一連搧他兩三扇，教他找不着歸路！”急縱身。雙手提劍，走出門來道：“孫行者！你不怕我，又來尋死！”行者笑道：“嫂嫂不要慳吝，是必借我使使。保得唐僧過山，就送還給你。”

羅刹又罵道：“潑猢猻！奪子之仇，尚未報得；借扇之意，豈能如你所願！你不要走！吃我老娘一劍！”大聖使鐵棒劈手相迎。他兩個來來往往，戰了五七回合，羅刹女手軟難掄，見事勢不妙，即取扇子，望行者搧了一扇，行者巍然不動，收了鐵棒，笑吟吟的道：“這番不比那番！任你怎麼搧來，老孫若動一動，就不算漢子！”那羅刹又搧兩搧，果然不動。羅刹慌了，急收寶貝，轉回走入洞裡，將門緊緊關上。

行者見他關了門，就弄個手段，拆開衣領，把定風丹噙在口中，搖身一變，變作一個蟭蟟蟲兒從門隙處鑽進。只見羅刹叫：“渴了！渴了！快拿茶來！”近侍女童，即將香茶一壺，沙沙的滿斟一碗，行者見了，嚶的一翅，飛在茶沫之上。那羅刹渴極，接過茶，兩口氣都吃了。行者已到他肚腹之內，現原身厲聲高叫道："嫂嫂，借扇子我使使！"羅刹大驚失色，叫道："孫行者怎麼在家裡叫喚？"女童道："在你身上叫哩。"羅刹道："孫行者，你在哪裡弄術哩？"行者道："老孫一生不會弄術，都是些真手段，實本事，已在尊嫂尊腹之內耍子，我知你也飢渴了，我先送你個坐碗兒解渴！"就把腳往下一蹬。那羅刹小腹之中，疼痛難忍，坐於地下叫苦。行者又往頭上一頂。那羅刹疼得面黃唇白，只叫："孫叔叔饒命！"

行者這才收了手腳道："你才認得叔叔麼？我看牛大哥情面上，且饒你性命。快將扇子拿來我使使。"羅刹道："叔叔，有扇！有扇！你出來拿了去！"即叫女童拿一柄芭蕉扇，站在旁邊。行者探到喉嚨之上見了道："嫂嫂，我饒你性命，你把口張三張。"那羅刹果張開口。行者還作個蟭蟟蟲，先飛出來，化了原身，拿了扇，叫道："多謝借扇！ 多謝借扇！ "拽開步，往前便走。小的們連忙開了門，放他出洞。

這大聖撥轉雲頭，徑直往東。霎時按落雲頭，立在紅磚壁下。八戒見了歡喜道："師父，師兄來了！"三藏即與本莊老者同沙僧出門接着，一同來到屋內。把芭蕉扇靠在旁邊道："老官兒，可是這個扇子？"老者道："正是！正是！ "唐僧喜道："賢徒有莫大之功。求此寶貝，太辛苦你了。"行者把借扇經過，細說一遍。三藏聞言，感謝不盡。師徒們都拜辭老者。一路西來，約行有四十里遠近，漸漸酷熱蒸人。沙僧只叫：“腳底烙得慌！”八戒又道：“爪子燙得痛！”行者道：“師父且請下馬。兄弟們莫走。等我搧熄了火，待風雨之後，地土冷些，再過山去。” 行者果舉扇，徑至火邊，盡力一搧，那山上火光烘烘騰起，再一搧，更加百倍；又一搧，那火足有千丈之高，漸漸燒着身體。行者急回，已將兩股毫毛燒淨，直跑到唐僧面前叫：“快回去，快回去！火來了！”

那師父爬上馬，與八戒、沙僧，又往東回跑二十餘里，方才歇下，道：“悟空，怎麼辦呀！”行者丟下扇子道：“不妙！不妙！被那廝哄了！”三藏聽說，愁促眉尖，悶添心上，八戒笑道：“你常說雷打不傷，火燒不損，如今為何又怕火？”行者道：“那時節用心防備，故此不傷；今日只為搧熄火光，不曾唸避火訣，又未使護身法，所以把兩股毫毛燒了。”沙僧道：“似這樣大火，無路通西，怎麼是好？”八戒道：“只揀無火處走便罷。”三藏道：“哪方無火？”八戒道：“東方、南方、北方，全無火。”又問：“哪方有經？”八戒道：“西方有經。”三藏道：“我只欲往有經處去哩！”沙僧道：“有經處有火，無火處無經，確是進退兩難！”

小專題

現實中的火餤山 故事中講到孫悟空大鬧天宮，一腳蹬倒了太上老君的八卦爐，有幾塊內藏餘火的磚落入凡間，化為火餤山。火餤山綿延800里火餤，四周圍寸草不生，無春無秋，四季皆熱。沒想到五百年後的取經路上，悟空卻被自己放的這把火燒光了兩股毛，費盡周折才借來芭蕉扇搧滅大火，保唐僧過了火餤山。

故事中的“火餤山”就是中國新疆的著名景點——火餤山。它位於吐魯番盆地的中北部，呈東西走向。東起鄯善縣蘭幹流沙河，西止吐魯番桃兒溝， 山長100公里。火餤山主要由中生代的侏羅、白堊和第三紀的紅色砂礫岩和泥岩組成，呈紅色。光禿禿的山嶺上，寸草不生，飛鳥匿跡。每當盛夏，紅日當空，赤褐色的山體在烈日照射下，砂岩灼灼閃光，熾熱的氣流翻滾上升，就像烈餤熊熊，火舌撩天。加上火餤山曾經錄得最高氣溫47.8℃，形態、熱度均與火相似，因此唐人名之為“火山”，今人稱之為“火餤山”。

火餤山獨特的自然面貌不能不令人浮想聯翩。加上現實中的唐三藏確曾駐足火餤山腳下的高昌古城；火餤山許多溝谷都有佛教遺址或千佛洞，其中保存最好的是伯孜克里克千佛洞，勝金口

千佛洞和土峪溝千佛洞。難怪吳承恩要把火燄山、唐僧用筆墨聯繫起來，於是火燄山就成了故事中化銅熔鐵、寸草不生的窮山惡水。常言道："山高必有怪，嶺峻卻生精"，更何況火燄山煙雲繚繞，酷熱異常，鐵扇公主、牛魔王等精怪就在小說家超凡的想象中應運而生，從而就有了膾炙人口的"三借芭蕉扇"故事。至此，火燄山頂的石柱，成為拴過白龍馬的"拴馬樁"，石柱旁邊的巨石成為唐僧上馬的踏腳石。火燄山更是因其神奇色彩和文化內蘊而成為天下奇山。

事實上，火燄山雖沒有火燄，但它與神魔故事同樣迷人。光禿禿的山嶺上，高溫和寸草不生確如故事所言，然而在山腹的凹陷處卻隱藏着許多植物豐茂、生機盎然的溝谷，美麗富饒的葡萄溝就是其一。一些保留着古老維吾爾族生活傳統的小村落散佈這些溝谷中，綠蔭蔽日、流水潺潺、瓜果飄香，風景十分秀麗呢！

新疆火燄山美景

第二回

牛魔王罷戰赴宴
行者二借芭蕉扇

師徒們正自胡談亂講，只聽得有人叫道：“大聖不須煩惱，且來吃些齋飯再議。”四人回頭看時，見一老人，頭頂偃月冠，手持龍頭杖，足踏鐵筒靴，托着一個銅盆，盆內有些蒸餅糕糜，黃糧米飯，在西路下躬身道：“我本是火燄山土地。知大聖保護聖僧，不能前進，特獻一齋。”行者道：“吃齋事小，這火光幾時滅得，讓我師父過去？”土地道：“要滅火光，須求羅刹女借芭蕉扇。”行者去路旁拾起扇子道：“這不是？那火越搧越大，為甚麼？”土地看了，笑道：“此扇不是真的，被他哄了。”行者道：“如何才能得到真的？”那土地又控背躬身，微微笑道：“若還要借真蕉扇，須尋求大力王牛魔王也。”

行者道：“這山本是牛魔王放的火，假名火燄山？”土地道：“不是，不是。大聖若肯赦小神之罪，才敢直言。”行者道：“你有何罪？直說無妨。”土地道：“這火原是大聖放的。”行者怒道：“你這等亂談！我可是放火之輩？”土地道：“是你認不得我了。此間原無這座山；因大聖五百年前，大鬧天宮時被擒，押赴老君處，將大聖安於八卦爐內，鍛煉之後開鼎，被你蹬倒丹爐，落了幾個磚來，內有餘火，到此處化為火燄山。我本是兜率宮守爐的道人。老君怪我失守，降下此間，就做了火燄山土地也。”豬八戒聞言，恨道：“怪道你這等打扮！原來是道士變的土地！”

行者半信不信道：“你且說，早尋大力王為何？”土地道：“大力王乃是羅剎女丈夫。因在積雷山摩雲洞，有個萬年狐王。那狐王死了，留下一個女兒，叫做玉面公主。那公主有百萬家私，無人掌管；二年前，訪著牛魔王神通廣大，情願倒陪家私，招贅為夫。那牛王棄了羅剎，久不回來。若大聖尋着牛王，請他來此，才借得真扇。”行者道：“積雷山坐落何處？到那兒有多少路程？”土地道：“在正南方。從這兒到那裡，有三千餘里。”行者聞言，即吩囑沙僧、八戒保護師父。又教土地，陪伴不要回去。隨即呼的一聲，渺然不見。

哪裡消半個時辰，早見一座高山聳立雲霄。悟空按落雲頭，停立顛峰之上觀看，看夠多時，步下尖峰，入深山，找尋路徑。忽見松蔭下，有一女子，手折了一枝香蘭，嬝嬝娜娜而來，大聖閃在怪石之旁，定睛觀看，那女子漸漸走近石邊，大聖躬身施禮，緩緩而言曰：“女菩薩到哪裡去？”那女子抬頭，忽見大聖的相貌醜陋，吃驚不小，欲退難退，欲行難行，只得勉強答道：“你是何方來者？敢在此間問誰？”大聖沉思道：“我若說出取經求扇之事，恐這廝與牛王有親，——且只以假親托意，來請魔王之言而答方可。……”即躬身陪笑道：“我是翠雲山來的，初到貴處，不知路徑，敢問菩薩，這裡可是積雷山？”那女子道：“正是。”大聖道：“有個摩雲洞，坐落何處？”那女子道：“你尋那洞做甚麼？”大聖道：“我是翠雲山芭蕉洞鐵扇公主央來請牛魔王的。”

那女子一聽鐵扇公主請牛魔王之言，心中大怒，徹耳根子通紅，潑口罵道：“這賤婢，着實無知！牛王自到我家，不到兩年，也不知道送了她多少珠翠金銀，綾羅緞疋；年供柴，月供米，還不識羞，又來請他幹甚麼！”大聖聞言，情知是玉面公主，故意拿出金箍棒大喝一聲道：“你這潑賤，將家私買住牛王，誠然是陪錢嫁漢！你倒不羞，還敢罵人！”那女子見了，唬得魄散魂飛，戰兢兢回頭便走。這大聖吆吆喝喝，隨後跟去。原來穿過松蔭，就是摩雲洞口。女子跑進去，撲的把門關了。

那女子跑得粉汗淋淋，徑入書房裡面，原來牛魔王正在那裡靜玩書畫。這女子沒好氣倒在牛魔王懷裡，放聲大哭。牛王滿面陪笑道：“美人，休要煩惱，有甚麼話說？”女子道：“剛才我在洞外花蔭閑步，忽有一個毛臉雷公嘴的和尚，猛地前來施禮，把我嚇了個半死。等到定性問是何人，他說是鐵扇公主央他來請牛魔王的。被我說了兩句，他倒罵了我一場，將一根棍子，趕着我打。若不是走得快些，幾乎被他打死！”牛王聞言，發狠道：“美人在上，不敢相瞞。那芭蕉洞僻靜清幽，我山妻自幼修持，是個得道的女仙，卻是家門嚴謹，家無一尺高男童，哪裡有雷公嘴的男子央來，想是哪裡來的妖怪，假用其名聲，至此訪我。等我出去看看。”

好魔王，拽開步，出了書房；上大廳取了披掛，拿了一條混鐵棍，出門高叫："是誰在我這裡撒野？"行者在旁，見他那模樣，與五百年前又大不同，便整衣上前道："長兄，還認得小弟麼？"牛王答禮道："你是齊天大聖孫悟空麼？"大聖道："正是，正是，一向久別未拜。剛才到此問一女子，才得以探望兄長。丰采果然勝過往日，可賀也！"牛王喝道："且休要巧舌！我聞你鬧了天宮，被佛祖降壓在五行山下，最近解脫天災，保護唐僧西天見佛求經，怎麼把我小兒害了？"大聖行禮道："長兄不得錯怪小弟。當時令郎捉住吾師，要食其肉，小弟近他不得，幸觀音菩薩欲救我師，勸他歸正。現今做了善財童子，享極樂之門堂，受逍遙之永壽，有何不可，反怪我耶？"

牛王罵道："這個乖嘴的猢猻，害子之情，被你說過；你才欺我愛妾，打上我門為何？"大聖笑道："實不瞞長兄。小弟因保唐僧西進，路阻火燄山不能前進。詢問土人，知尊嫂羅剎女有一柄芭蕉扇，想借來一用。昨天到舊府，奉拜嫂嫂，嫂嫂堅持不借，因此特此求長兄。望兄長同小弟到大嫂處一走，務必借扇搧滅火燄，保得唐僧過山，即時送還。"牛王聞言，心如火發。咬響鋼牙罵道："你原來是借扇之故！一定先欺我山妻，山妻想是不肯，故來尋我！且又趕我愛妾！是多大冒犯？上來吃我一棍！"大聖道："小弟這一向疏懶，不曾與兄相會，武藝與昔日相比，不知怎樣，我請演演棍看。"這牛王哪容分說，抽混鐵棒，劈頭就打。這大聖持金箍棒，隨手相迎。

二人鬥了百十回合，不分勝負。正在難解難分之際，只聽得山峰上有人叫道："牛爺爺，我大王多多拜上，希望您盡早光臨，好安座也。"牛王聽說，使混鐵棍支住金箍棒，叫道："猢猻，你且暫停，等我去一個朋友家赴會去！"說完，按下雲頭，徑至洞裡，對玉面公主道："美人，剛才那雷公嘴的男子乃孫悟空猢猻，被我一頓棍打走了，再不敢來。你放心好了。我到一個朋友處吃酒去也。"他卸了盔甲，穿一領鴉青剪絨襖子，走出門，跨上"辟水金睛獸"，一直向西北方而去。

大聖在高峰上看着，心中暗想道："這老牛不知又結識甚麼朋友，往哪裡去赴會。等老孫跟他走走。"好行者，將身晃一晃，變作一陣清風趕上，不多時，到了一座山中，那牛王悄然不見了。大聖聚攏原身，入山尋看，那山中有一面清水深潭，潭邊有一座石碣，碣上有六個大字，乃"亂石山碧波潭"。大聖暗想道："老牛斷然下水去了。等老孫也下水去看看。"

好大聖，唸個咒語，搖身一變，變作一個螃蟹，有三十六斤重。撲的跳在水中，徑沉潭底。忽見一座玲瓏剔透的牌樓，樓下拴着個辟水金睛獸。進牌樓裡面，就沒水了。大聖爬進去，仔細看時，只見那邊一派音樂之聲，上面坐的是牛魔王，左右有三四個蛟精，前面坐着一個老龍精，兩邊乃龍子、龍孫、龍婆、龍女。正在那裡觥籌交錯之際，孫大聖一直走將上去，被老龍看見，即命："拿下那個野蟹來！"龍子、龍孫一齊擁上前，把大聖拿住。大聖忽作人言，叫："饒命！饒命！"老龍道："你是哪裡來的野蟹？怎麼敢上廳堂，在貴客面前，橫行亂走？”好大聖，故意撒謊，對眾人供道：“生在江湖之中，初入皇宮，不懂禮儀。”座上眾精聞言，都拱身對老龍行禮道:“蟹介士初入瑤宮，不知王禮，望尊公饒他去罷。”老龍即叫：“放了那廝。”大聖應了一聲，往外逃命，直到牌樓之下。心中暗想道：“這牛王在此貪杯，哪裡等得他散？……不如偷了他的金睛獸，變做牛魔王，去哄那羅刹女，騙他扇子，送我師父過山為妙。……”

好大聖，即現本像，將金睛獸解了轡繩，撲一把跨上雕鞍，徑直騎出水底。到於潭外，將身變作牛王模樣。縱着雲，不多時，已至翠雲山芭蕉洞口。叫聲“開門！”那洞門裡有兩個女童，聞得聲音開了門，看見是牛魔王嘴臉，即入報：“奶奶，爺爺回家了。”那羅剎聽說，忙整雲鬢，急移蓮步，出門迎接。這大聖下雕鞍，牽進金睛獸。羅剎女肉眼，認他不出，即攜手而入。叫丫鬟設座看茶，整酒接風賀喜，又把孫行者來借扇一事，細敘一遍。

酒至數巡，羅剎覺得盡興，色情微動，就和孫大聖挨挨擦擦，攜着手，俏語溫存；並着肩，低聲俯就。大聖假意虛情，相陪相笑，與他相倚相偎，暗自留心，挑逗道：“夫人，真扇子你收在哪裡？早晚仔細。孫行者變化多端，小心又來騙去。”羅剎笑嘻嘻的，口中吐出，只有一個杏葉兒大小，遞與大聖道：“這個不是寶貝？”大聖接在手中，卻又不信，暗想着：“這些些兒，怎麼搧得火滅？”便問他一句道：“這般小小之物，如何搧得八百里火燄？”羅剎酒陶真性，毫無忌憚，就說出方法道：“大王，與你別了二載，想你是晝夜貪歡，被那玉面公主弄傷了神思；怎麼自家的寶貝，也都忘了？——只將左手大指頭捻着那柄兒上第七縷紅絲，唸一聲‘呬噓呵吸嘻吹呼’，即長一丈二尺長。哪怕他八萬里火燄，可一搧而消也。”

大聖聞言，卻把扇兒也噙在口裡，把臉抹一抹，現了本像。厲聲高叫道：“羅剎女！你看看我可是你親老公！”那女子一見是孫行者，慌得推倒席桌，跌落地上，羞愧無比，只叫“氣殺我也！氣殺我也！”這大聖，不管他死活，拔脱手，拽大步，徑直出了芭蕉洞。將身一縱，踏祥雲，跳上高山，將扇子吐出來，演演方法。將左手大指頭捻着那柄上第七縷紅絲，唸一了聲“呬噓呵吸嘻吹呼”，果然長了有一丈二尺長短。拿在手中，仔細看了一看，比前番假的果是不同，只見祥光晃晃，瑞氣紛紛，上有三十六縷紅絲，穿經度絡，表裡相聯。原來行者只討了個長的方法，不曾討他個小的口訣，沒辦法，只得揹在肩上，找舊路而回。

卻説那牛魔王在碧波潭底與眾精散了筵席，出得門來，不見了辟水金睛獸。老龍王聚集眾精問道：“是誰偷放牛爺的金睛獸也？”眾精跪下道：“沒人敢偷。我等都在筵席前供酒捧盤，唱歌奏樂，無一人在門前。”老龍道：“歌妓斷乎不敢，可曾有甚生人進來？”龍子、龍孫道：“剛才安座之時，有個蟹精到此。那個便是生人。”牛王聞説，頓然省悟道：“不消講了！早間賢友派人邀我時，有個孫悟空保唐僧取經，路遇火燄山難過，曾問我求借芭蕉扇。我不曾給他，他和我賭一場，未分勝負，我卻丟了他，徑赴盛會。那猴子千般伶俐，肯定是他變作蟹精，來此打探消息，偷了我獸，去山妻處騙了那一把芭蕉扇兒也！等我追他去。”

遂而分開水路，跳出潭底，駕黃雲，徑至翠雲山芭蕉洞，只聽羅刹女跌腳捶胸，大呼小叫。推開門，又見辟水金睛獸拴在下邊，牛王高叫：“夫人，孫悟空哪裡去了？”眾女童看見牛魔，一齊跪下道：“爺爺來了？”羅刹女扯住牛王，口裡罵道：“潑老天殺的！怎樣這般不謹慎，叫那猢猻偷了金睛獸，變作你的模樣，到此騙我！”牛王切齒道：“猢猻哪裡去了？”羅刹捶着胸膛道：“那潑猴騙了我的寶貝，現出原身走了！”牛王道：“夫人保重，不必心焦。等我趕上猢猻，奪了寶貝，剝了他皮，剉碎他骨，給你出氣！”脫了那赴宴的鴉青絨襖，束一束貼身小衣，雙手提劍，走出芭蕉洞，徑奔火燄山趕來。

八戒助力敗魔王
行者三借芭蕉扇

話說牛魔王趕上孫大聖，只見他肩膊上掮着那柄芭蕉扇，怡顏悅色而行。魔王暗想道：“我若當面向他索取，他定然不給。我聞得唐僧在那大路上等候。他二徒弟豬精，我當年做妖怪時，也曾見過他。且變作豬精的模樣，反騙他一場。料想猢猻正暗自得意，必不詳細提防。”好魔王，他也有七十二變，武藝也與大聖不相上下，只是身子欠靈活，把寶劍藏了，唸個咒語，搖身一變，即變作八戒一樣嘴臉，抄下路，當面迎着大聖，叫道：“師兄，我來也！”

這大聖倚仗本領高強，不察來人的意圖。見是個八戒的模樣，便就叫道：“兄弟，你往哪裡去？”牛魔王道：“師父見你許久不回，恐牛魔王手段大，你鬥不過他，教我來接你的。”行者笑道：“不必費心，我已得手了。”牛王又問道：“你怎麼得手的？”行者道：“那老牛與我戰了百十回合，不分勝負。他就撇了我，去那亂石山碧波潭底，與一伙蛟精、龍精飲酒。是我暗跟他

去，變作個螃蟹，偷了他所騎的辟水金睛獸，變了老牛的模樣，徑至芭蕉洞哄那羅剎女，設法騙將來的。”牛王道：“真是難為你了。哥哥太辛苦了，我幫你扛一下扇子吧。”孫大聖哪知真假，也考慮不到這麼多，就將扇子遞給他。

原來那牛王，他知那扇子收放的原理；接過手，不知捻個甚麼訣兒，依然小似一片杏葉，現出本像。開言罵道：“潑猢猻！認得我麼？”行者見了，心中自悔道：“咦！逐年家打雁，今卻被小雁兒啄了眼睛。”恨得他暴躁如雷，拿鐵棒，劈頭便打，那魔王就使扇子搧他一下；那大聖將定風丹噙在口、嚥下肚裡，任憑他怎麼搧，再也搧他不動。牛王慌了，把寶貝丟入口中，雙手掄劍就砍。

且不說他兩個相鬥難分。卻表唐僧坐在路上，一則火氣蒸人，二來心焦口渴，對火燄山土地道：“敢問尊神，那牛魔王法力如何？”土地道：“那牛王神通不小，法力無邊，正是孫大聖的敵手。”三藏道：“悟空是個會走路的，往常二千里路，一霎時便回，怎麼如今去了一日？一定是與牛王賭鬥。”叫：“悟能，你去迎你師兄一迎？倘使遇敵，就當用力相助。”八戒道：“我想着要去接他，但只是不認得積雷山路。”土地道：“小神認得。且教捲簾將軍與你師父做伴，我同你去。”三藏大喜道：“有勞尊神，功成再謝。”

那八戒抖擻精神，撩起耙，即刻與土地縱起雲霧，直接向東方而去。正行時，忽聽得喊殺聲高，狂風滾滾。八戒按住雲頭看時，原來孫行者與牛王廝殺哩。獃子拿着釘耙，厲聲高叫道：“師兄，我來也！”行者恨道：“你這夯貨，誤了我多少大事！這廝變作你的模樣，口稱迎我，我一時歡悅，轉身把扇子遞到他手，他卻現了本像，與老孫在此比拼。”八戒聞言大怒，舉釘耙，當面罵道：“你這血皮脹的遭瘟！你怎敢變作你祖宗的模樣，騙我師兄！”你看他沒頭沒臉的使釘耙亂築。那牛王與行者鬥了一日，力倦神疲；見八戒的釘耙兇猛，遮架不住，敗陣就走。只見那火燄山土地，率領陰兵，當面擋住道：“大力王，且住手。唐三藏西天取經，無神不保，無天不佑，快將芭蕉扇拿出來搧熄火燄，教他無災無障，早過山去；不然，上天怪罪於你，定遭誅殺也。”牛王道：“你這土地，全不察理！那潑猴奪我子，欺我妾，騙我妻，我恨不得囫圇吞他下肚，怎麼肯將寶貝借他！”

話音未落，八戒趕上罵道：“快拿出扇來，饒你性命！”那牛王只得回頭，使寶劍又戰八戒。孫大聖舉棒相幫。那魔王奮勇爭強，且行且鬥，鬥了一夜，不分上下，早又天明。前面是他的積雷山摩雲洞口，他三個與土地、陰兵混戰一處，喧嘩聲震耳，驚動那玉面公主，喚丫鬟看是哪裡人嚷。只是守門小妖來報：“是我家爺爺與那雷公嘴漢子及一個長嘴大耳的和尚同火燄山土地等人廝殺哩！”玉面公主聽言，即命外護的大小頭目，各執槍刀，齊告：“大王爺爺，我等奉奶奶內旨，特來助力也！”牛王大喜道：“來得好！來得好！”眾妖一齊上前亂砍。八戒措手不及，倒拽着把，敗陣而走。大聖縱觔斗雲，跳出重圍。眾陰兵亦四散奔走。老牛得

勝，聚集眾妖歸洞，緊閉了洞門。

他兩個領着土地、陰兵再一齊上前，使釘耙，掄鐵棒，乒乒乓乓，把一座摩雲洞的前門，打得粉碎。唬得那外護頭目，戰戰兢兢，闖入裡邊報道："大王！孫悟空率眾打破前門也！"那牛王聽説打破前門，十分發怒，急披掛，拿了鐵棍，從裡邊罵出來道："潑猢猻！你是多大個人兒，敢這等上門撒潑。"八戒近前亂罵道："潑老剝皮！你是個甚樣人物，敢量哪個大小！不要走！看

鈀！”牛王喝道：“你這個夯貨，不見得怎的！快叫那猴兒上來！”行者道：“不知好歹！仔細吃吾一棒！”那牛王奮勇而迎。他三個又鬥有百十餘合。八戒發起獃性，仗着行者神通，舉鈀亂築。牛王招架不住，敗陣回頭，就奔洞門。卻被土地、陰兵攔住洞門，喝道：“大力王，哪裡走！吾等在此！”那老牛不能進洞，急抽身，又見八戒、行者趕來，慌得卸了盔甲，丟了鐵棍，搖身一變，變做一隻天鵝，望空飛走。

行者看見，笑道：“八戒！老牛去了。”土地道：“既如此，卻怎麼好？”行者道：“你兩個打進此門，把群妖盡情剿除，拆了他的窩巢，絕了他的歸路，等老孫與他賭變化去。”那八戒與土地，依言攻破洞門。這大聖收了金箍棒，捻訣唸咒，搖身一變，變作一個海東青，颼的一翅，鑽在雲眼裡，倒飛下來，落在天鵝身上，抱住頸項啄眼。那牛王知是孫行者變化，刷的一翅，淬下山崖，將身一變，變作一隻香獐，在崖前吃草。行者認得，也就落下翅來，變作一隻餓虎，剪尾跑蹄，要來趕獐作食。牛王着了急，又變作一個人熊，放開腳，就來擒那餓虎。行者打個滾，就變作一隻賴象，撒開鼻子，要去捲那人熊。

牛王嘻嘻的笑了一笑，現出原身，—— 一隻大白牛。頭如峻嶺，眼若閃光。兩隻角，似兩座鐵塔。牙似利刃。連頭至尾，有千餘丈長短；自蹄至背，有八百丈高下。——對行者高叫道："潑猢猻！你如今能拿我怎麼辦呢？" 行者也就現了原身，抽出金箍棒來，把腰一躬，喝聲叫"長！"長得身高萬丈，頭如泰山，眼如日月，口似血池，牙似門扇，手執一條鐵棒，當頭就打。那牛王硬着頭，使角來觸。這一場，真個是憾嶺搖山，驚天動地！他兩個大展神通，在半山中賭鬥，驚得那諸天神佛都來圍困魔王。那魔王公然不懼，你看他直挺挺，光耀耀的兩隻鐵角，往來抵觸；毛森森，觔暴暴的一條硬尾，左右敲搖。孫大聖當面迎，眾神四面打，牛王急了，就地一滾，恢復本像，便投芭蕉洞去。行者也收了法像，與眾神隨後追襲。那魔王闖入洞裡，閉門不出。孫大聖與眾神把一座翠雲山圍得水泄不通。

正都上門攻打，忽聽得八戒與土地、陰兵嚷嚷而至。行者見了，問道："那摩雲洞事態如何？"八戒笑道："那老牛的娘子，被我一鈀築死，剝開衣看，原來是個玉面狸精。那伙群妖，都是些驢、騾、犢、羊、虎、麋、鹿等類。都已就地剿戮，又將他洞府房廊放火燒了。土地說他還有一處家小，住居此山，故又來這裡掃盪也。"行者道："老孫空與那老牛賭變化，未曾得勝。他卻復原身，走進洞去矣。"八戒道："那可是芭蕉洞麼？"行者道："正是！正是！羅刹女正在此間。"八戒發狠道："既是這樣，怎麼不打進去，剿除那廝，問他要扇子？"

好獃子，抖擻威風，舉鈀照門一築，將那石崖連門築倒了一邊。慌得那女童忙報："爺爺！不知甚麼人把前門都打壞了！”牛王大怒。從口中吐出扇子，遞與羅剎女。羅剎女接扇在手，滿眼垂淚道：“大王！把這扇子送與那猢猻，教他退兵去罷。”牛王道：“夫人啊，物雖小而恨則深。你且坐着，等我再和他比拼去。”那魔王重整披掛，又選兩口寶劍，走出門來。正遇着八戒使鈀築門，老牛舉劍劈頭便砍。八戒舉耙迎着，向後倒退了幾步，出門來，早有大聖掄棒擋在前頭。那牛魔即駕狂風，跳離洞府，又都在那翠雲山上相持。眾神四面圍繞，土地兵左右攻擊。

那牛王鬥了五十餘合，抵敵不住，敗了陣，欲往東西南北逃走，見那四面八方都是佛兵天將，真個似羅網高張，不能逃命。正在倉惶之際，又聞得行者率眾趕來，他就駕雲頭，朝上便走。恰好有托塔李天王和哪吒太子，幔住空中，叫道：“慢來！慢來！吾奉玉帝旨意，特來此剿除你也！”牛王急了，依先前搖身一變，還變做一隻大白牛，使兩隻鐵角去觸天王。天王使刀來砍，隨後孫行者又到。哪吒太子厲聲高叫：“大聖，愚父子昨日見佛如來，發檄奏聞玉帝，言唐僧路阻火燄山，孫大聖難伏牛魔王，玉帝傳旨，特差我父王領眾助力。”行者道：“這廝神通不小！又變作這等身軀，怎麼對付他？”太子笑道：“大聖勿疑，你看我擒他。”

這太子即喝一聲“變！”變得三頭六臂，飛身跳在牛王背上，使斬妖劍望頸項上一揮，輕輕鬆鬆把個牛頭斬下。那牛王腔子裡又鑽出一個頭來，口吐黑氣，眼放金光。被哪吒又砍一劍，又鑽出一個頭來。一連砍了十數劍，隨即長出十數個頭。哪吒取出火輪兒掛在那老牛的角上，便吹真火，燄燄烘烘，把牛王燒得張狂哮吼，搖頭擺尾。才要變化脱身，又被托塔天王將照妖鏡照住本像，騰挪不動，只叫“莫傷我命！情願歸順佛家也！”哪吒道：“既惜身命，快拿扇子出來！”牛王道：“扇子在我山妻處收着哩。”

哪吒見他這樣説，將縛妖索子解下，跨在他那頸項上，一把拿住鼻頭，將索穿在鼻孔裡，用手牽着。孫行者與眾神簇擁着白牛，回至芭蕉洞口。老牛叫道：“夫人，拿扇子出來，救我性命！”羅刹聽叫，急卸了釵環，脱了色服，雙手捧那柄芭蕉扇子，走出門；又見有金剛眾聖與天王父子，慌忙跪在地下，磕頭禮拜道：“望菩薩饒我夫妻之命，願將此扇奉承孫叔叔成就功德去也！”行者近前接了扇，同大家共駕祥雲，直接回東路。

孫大聖拿着扇子，行近山邊，盡氣力揮了一扇，那火燄山平平息燄，又搧一扇，只聽得習習清風；第三扇，滿天雲漠漠，細雨落霏霏。三藏解燥除煩，神清氣爽，謝過眾神。天王、太子，牽牛徑歸佛地交差。止有本山土地，押着羅刹女，在旁伺候。

行者道：“那羅刹，你不走路，還立在此等甚麼？”羅刹跪道：“萬望大聖垂慈，將扇子還了我罷。”八戒喝道：“潑賤人，饒了你的性命，就夠了，還要討甚麼扇子？”羅刹再拜道：“我等也修成人道，只是未歸正果。我再不敢胡為。願能賜回本扇，重立自新，修身養命去也。”土地道：“大聖！趁此女深知熄火之法，斷絕火根，還他扇子，小神居此苟安，拯救這方百姓，求些供奉，誠然是你的恩德。”行者道：“如何才能除根？”羅刹道：“要斷絕火根，只消連搧四十九扇，永遠再不發了。”

行者聞言，舉起扇子，使盡筋力，望山頭連搧四十九扇，有火處下雨，無火處天晴。他師徒們立在這無火處，不遭雨濕。坐了一夜，次日早上才收拾馬匹、行李，把扇子還了羅刹。孫悟空又道：“老孫若不給你，恐人説我言而無信。你拿扇子回山，再不要生事。看你得了人身，饒你去罷！”那羅刹接了扇子，唸個咒語，捏做個杏葉兒，噙在口裡。拜謝了眾聖，隱姓修行。後來也得正果。行者、八戒、沙僧，保着三藏就此前進，真個是身體清涼，足下滋潤。

趣味重溫

三借芭蕉扇

一，你明白嗎

1. 鐵扇公主每年都要借扇給當地百姓生風降雨，為何不願借扇給孫悟空？

   a. 孫悟空沒有給她送禮物。

   b. 孫悟空使其母子分離，朝夕相處不得。

   c. 牛魔王另結新歡，鐵扇公主遷怒於他這個結義兄弟。

2. 火燄山綿延八百里，四周圍寸草不生，當地百姓何以為生？

   a. 去翠雲山伐木砍柴換得口糧。

   b. 靠過路人施捨糕餅維持生活。

   c. 請得芭蕉扇，搧來風雨，種得五穀維生。

3. 唐三藏西天取經，無神不保，為何牛魔王寧犯眾怒，不助唐僧呢？

   a. 孫悟空與牛魔王比武，悟空未能獲勝，牛魔王依約不助唐僧。

   b. 孫悟空奪其子、欺其妾、騙其妻，不助唐僧以報復孫悟空。

   c. 芭蕉扇是天地生成的靈寶，牛魔王擔心被騙，失去寶貝。

二，想深一層

1. 賣糕少年男子、老者都稱有“鐵扇仙”，而樵哥為何說“卻無個鐵扇仙，只有個鐵扇公主，又名羅剎女。”？

2. “三藏聞言，大驚失色，不敢再問。”
   “行者聞言，大驚失色，心中暗想道：‘又是冤家了！……’。”
   “羅剎大驚失色，叫：‘小的們，關了前門否？’”
   根據你的理解，概述三藏、行者、羅剎“失色”的真正原因。

3. 孫悟空為借芭焦扇採取了先禮後兵的策略。試根據故事情節內容，選詞填空，並根據原文重新排序。(　　)

a. 鐵扇公主拒絕借扇後，孫悟空掣出棒來，掄棒便打。

b. 鐵扇公主説出紅孩兒之事後，孫悟空 ________，哄騙鐵扇公主 ________ 扇。

c. 鐵扇公主閉門罷戰後，孫悟空變蟭蟟蟲鑽入鐵扇公主肚中 ________ 扇

d. 初見面時，孫悟空 ________，百般討好鐵扇公主。

e. 鐵扇公主提出砍頭借扇時，孫悟空 ________ 伸出光頭任砍。

(甜言蜜語　趾高氣揚　花言巧語　低聲下氣　心甘情願

搶　逼　偷　借)

4. 孫悟空三次借扇，遭遇與結果各不相同，正可謂一波三折，趣味橫生。試根據原故事，把下列情節按發展順序填回相應的故事中。(只填序號)

(1)眾神合力擒牛魔王，羅剎女救夫獻真扇。　(2)豬八戒仗勢逞神威，孫悟空、牛魔王賭變化。　(3)羅剎女情迷心智失真扇。　(4)玉面公主罵情敵，反遭孫悟空辱罵。　(5)孫悟空變蟹偷金睛獸裝牛魔王。　(6)孫悟空化蟲鑽入公主肚，強借假扇燒光兩股毛。　(7)牛魔王變豬八戒，孫悟空大意失真扇。　(8)小須彌山靈吉菩薩送定風丹。　(9)孫悟空飄飄盪盪，猶如旋風翻敗葉滾一夜。

一借芭蕉扇	
二借芭蕉扇	

三借芭蕉扇	

5. 品味下列故事片段，試根據孫悟空的語言、動作描寫連線相應的性格特徵

故事片段	性格特徵
大聖拔根毫毛，變個銅錢，向那人買糕。那人接了錢，不論好歹，揭開車兒上衣裡，熱氣騰騰，拿出一塊糕，遞與行者。行者托在手中，好似火裡燒的灼炭，煤爐內的紅釘，你看他左手倒在右手，右手換在左手，只道："熱，熱，熱！難吃，難吃！"	**細心**
大聖沉思道："我若說出取經求扇之事，恐這廝與牛王有親，——且只以假親托意，來請魔王之言而答方可。……"即躬身陪笑道："我是翠雲山來的，初到貴處，不知路徑，敢問菩薩，這裡可是積雷山？"	**言而有信**
行者聞言，舉起扇子，使盡筋力，望山頭連搧四十九扇，有火處下雨，無火處天晴。他師徒們立在這無火處，不遭雨濕。坐了一夜，次日早上才收拾馬匹、行李，把扇子還了羅剎。孫悟空又道："老孫若不給你，恐人說我言而無信。你拿扇子回山，再不要生事。看你得了人身，饒你去罷！"	**率真**

三，延伸思考

熊熊火燄山擋道，唐僧師徒四人表現各異，假設讓你扮演其中一人，你最願演誰？為甚麼？

參考答案

大鬧天宮

一，你明白嗎

1.（ × ） 2.（ × ） 3.（ × ） 4.（ × ） 5.（ × ） 6.（ × ）

二，想深一層

1. (b)
2. (b)
3. (a 、 c 、 d)
4. 語言描寫：b d
   動作描寫：c f
   心理描寫：a e

巧戰妖道

一，你明白嗎

1.c 2.c 3.b

二，想深一層

1. b
2. 國王對待三位國師的態度：由敬畏到輕慢
   三位國師對待國王的態度：由傲慢到恭敬
   態度發生轉化的原因：國師們與和尚鬥法一再失利，滅了道士威風，打破了國王眼裡"天降國師"的神話，長了國王的志氣。
3. （1）（c） （2）（b） （3）（a）
4. （1）點石成金（2）孤掌難鳴（3）戰戰兢兢（4）山崩地裂（5）冤家路窄
5. 獃子拿過燒果來，張口就啃。行者罵道"莫要小家子氣。且行禮坐下受用。"八戒道："不羞！偷東西吃，還要行禮！若是被請來，不知道要怎樣呢！"行者道："這上面坐的是甚麼菩薩？"八戒笑道："三清也認不得，卻認做甚麼菩薩！" 行者道："哪三清？"八戒道："中間的是元始天尊，左邊的是靈寶道君，右邊的是太上老君。"行者道："都要變得這般模樣，才吃得安穩哩。"

   國王見此有些難處，便傳旨問道："那和尚，我國師要與你賭'雲梯顯聖'坐禪，那個會麼？"行者聞言，沉吟不答。八戒道："哥哥，怎麼不說話？"行者道："兄弟，實不瞞你說。我哪裡有這坐性？你就把我鎖在鐵柱子上，我也要上下爬踏，莫想坐得住。"

   他兩個唧唧噥噥，誇獎不盡。行者望見，心疑道："那獃子笑我哩！正是'巧者多勞拙者閑'。老孫這般舞弄，他倒自在。等我成全他，捆他一繩，看他怕不怕。"正洗浴，打個水花，淬在油鍋底上，變作個棗核釘兒，再也不起來了。

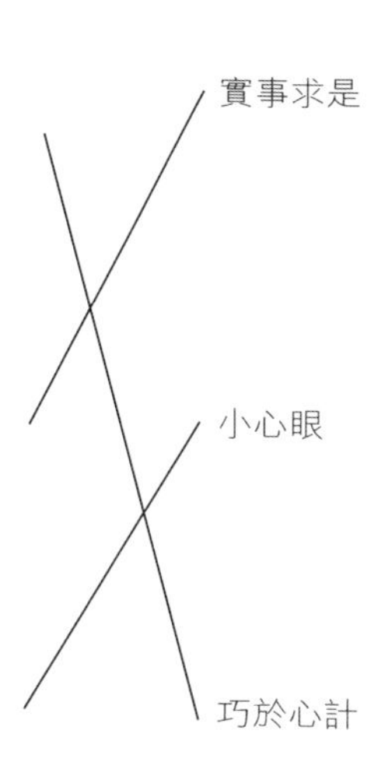

三借芭蕉扇

一， 你明白嗎

1.b 2.c 3.b

二， 想深一層

1. 賣糕少年男子、老者是火燄山人。火燄山八百里火燄，四週寸草不生，而羅剎女的芭蕉扇能給當地人搧來風雨，種得五穀維持生計。故當地人視之為仙，尊稱她為鐵扇仙。樵哥是翠雲山人，當地林木茂盛，居民無求於羅剎女，不現羅剎女神能，故無人視之為仙，只稱本名，甚至綽號。
2. 三藏失色緣於害怕
   行者失色緣於擔心
   羅剎失色緣於驚懼
3. 孫悟空為借芭焦扇採取了先禮後兵的策略。試根據故事情節內容，選詞填空，並根據原文重新排序。（d b e a c）
   a. 鐵扇公主拒絕借扇後，孫悟空拔出棒來，掄棒便打。
   b. 鐵扇公主說出紅孩兒之事後， 孫悟空 花言巧語 哄騙鐵扇公主 借 扇。
   c 鐵扇公主閉門罷戰後，孫悟空變蟭蟟蟲鑽入鐵扇公主肚中 逼 扇。
   d. 初見面時，孫悟空 低聲下氣，百般討好鐵扇公主。
   e. 鐵扇公主提出砍頭借扇時，孫悟空 心甘情願 伸出光頭任砍。

4.

一借芭焦扇	9 8 6
二借芭焦扇	4 5 3
三借芭焦扇	7 2 1

5. 大聖拔根毫毛，變個銅錢，向那人買糕。那人接了錢，不論好歹，揭開車兒上衣裡，熱氣騰騰，拿出一塊糕，遞與行者。行者托在手中，好似火裡燒的灼炭，煤爐內的紅釘，你看他左手倒在右手，右手換在左手，只道：“熱，熱，熱！難吃，難吃！”

   大聖沉思道：“我若說出取經求扇之事，恐這廝與牛王有親，——且只以假親托意，來請魔王之言而答方可。……” 即躬身陪笑道：“我是翠雲山來的，初到貴處，不知路徑，敢問菩薩，這裡可是積雷山？”

   行者聞言，舉起扇子，使盡筋力，望山頭連搧四十九扇，有火處下雨，無火處天晴。他師徒們立在這無火處，不遭雨濕。坐了一夜，次日早上才收拾馬匹、行李，把扇子還了羅剎。孫悟空又道：“老孫若不給你，恐人說我言而無信。你拿扇子回山，再不要生事。看你得了人身，饒你去罷！”